KB083202

암살,

안중근과 이토 히로부미,
그리고 사회주의자

저자

구로카와 소黒川創, Sou Kurokawa

1961년 교토 출생. 도시샤대학문학부를 졸업하고 1999년 첫 소설『若冲の目』로 데뷔했다. 2008년『かもめの日』로 요미우리문학상을 수상하고, 2015년에『国境 完全版』으로 이토세문학상 평론부문을, 2016년에는『京都』로 마이니치출판문화상을 수상했다. 그 외 주요 작품으로『もどろき』,『明るい夜』,『いつか、この世界で起こっていたこと』,『暗殺者たち』,『岩場の上から』등이 있다. 평론으로는『きれいな風貌西村伊作伝』,『鷗外と漱石のあいだで日本語の文学が生まれる場所』, 츠루미 스케・가토 노리히로와의 공저인『日米交換船』등이 있으며, 편저로『鶴見俊輔コレクション』(전4권) 등이 있다.

역자

김유영金曘泳, Yu Young Kim, http://www.japanese.or.kr

고려대학교 일어일문학과를 졸업 후, 일본 오사카대학에서 문학 석사 및 박사학위를 받았다. 현재 동덕여자대학교 일본어학과 조교수로 재직 중인 한편, 번역가 및 문화 평론가로서도 활발하게 활동 중이다.

최근의 번역서로는『조선이 그린 세계지도－몽골 제국의 유산과 동아시아』(2010),『재해에 강한 전력 네트워크』(2013),『신문은 대지진을 바르게 전달했는가』(2013),『제언－동일본대지진』(2013),『관계녀 소유남』(2015),『만주와 한국 여행기』(2018) 등이 있다. 그리고『조선이 그린 세계지도－몽골 제국의 유산과 동아시아』를 통해 2012년 판우번역상 대상을 수상했다.

암살, 안중근과 이토 히로부미, 그리고 사회주의자

초판 인쇄 2018년 4월 10일 **초판 발행** 2018년 4월 20일
지은이 구로카와 소 **옮긴이** 김유영 **펴낸이** 박성모 **펴낸곳** 소명출판
출판등록 제13-522호 **주소** 서울시 서초구 서초중앙로6길 15, 1층
전화 02-585-7840 **팩스** 02-585-7848
전자우편 somyungbooks@daum.net **홈페이지** www.somyong.co.kr

값 13,000원
ISBN 979-11-5905-107-4 03830
ⓒ 소명출판, 2018

잘못된 책은 바꾸어드립니다.
이 책은 저작권법의 보호를 받는 저작물이므로 무단전재와 복제를 금하며, 이 책의 전부 또는 일부를 이용하려면 반드시 사전에 소명출판의 동의를 받아야 합니다.

Assassins

암살,

안중근과 이토 히로부미, 그리고 사회주의자

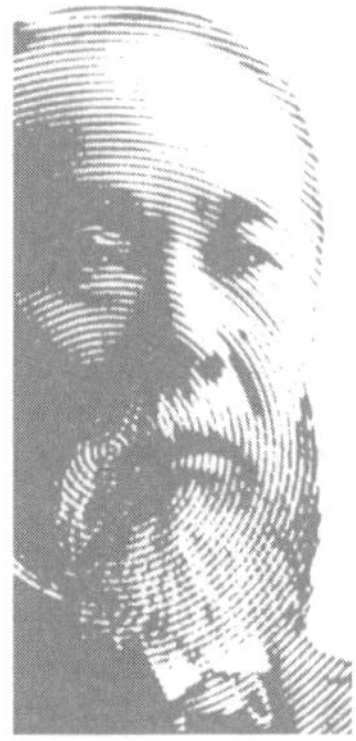

나쓰메 소세키의 미발견 원고의 등장으로 되살아나는
식민지 시대 '암살자들'의 기억

구로카와 소 지음 | 김유영 옮김

소명출판

ANSATSUSHATACHI
by KUROKAWA Sou
Copyright © 2013 KUROKAWA Sou
All rights reserved.
Originally published in Japan by SHINCHOSHA Publishing Co., Ltd., Tokyo
Korean translation rights arranged with SHINCHOSHA Publishing Co., Ltd., Japan
through THE SAKAI AGENCY and BESTUN KOREA AGENCY.
Korean translation rights © 2018 Somyong Publishing Co.

이 책의 한국어판 저작권은 일본의 사카이 에이전시와 베스툰 코리아 에이전시를 통해
일본 저작권자와 독점 계약한 '소명출판'에 있습니다.
저작권법에 의해 한국 내에서 보호를 받는 저작물이므로
무단전재나 복제, 광전자 매체 수록 등을 금합니다.

차례

암살,

안중근과 이토 히로부미,
그리고 사회주의자

강연의 제목은 '도스토옙스키와 대역사건大逆事件'이지만, 작가는 나쓰메 소세키夏目漱石 그리고 안중근安重根에 관한 이야기로 말문을 열었다

안녕하세요. 눈발이 더 세졌습니다. 일본이라면 12월 초에 해당할 텐데, 이 시기에 이렇게 눈이 많이 내리지는 않는데 말이죠.

학과장이신 뤼빈 선생님에게 받은 어드바이스도 있고 하니, 오늘은 러시아어 통역 없이 일본어로만 이야기를 하도록 하겠습니다. 여러분은 여기 상트페테르부르크대학의 일본학과 학생들이고, 대부분이 3~4년생에서부터 석사과정 정도의 학생이라고 들었습니다. 학생들의 일본어 레벨이 높기 때문에 통역 없이도 충분하다고 선생님이 말씀하셨죠. (좌중 웃음)

강연 제목을 먼저 정해야 했기 때문에, 우선은 '도스토옙스키와 대역사건大逆事件'이라고 해 두었습니다. 이번에 초청을 받은 것은 이전에 제가 체호프*를 소재로 일본어로 소설을 쓴 적이 있었기 때문이라고 생각합니다. 그렇지만 오늘은 예전과는 조금은 다른 각도에서 소설과 비슷한 이야기를 하고 싶습니다. 그렇지만, 본론이 나올 때까지 상당히 긴 여정이 될지도 모릅니다. 게다가 제목에는 항상 거짓말

* [역주] 안톤 파블로비치 체호프(Anton Pavlovich Chekhov) : 러시아의 의사이자 소설가이며 극작가.

이 따라오기 망정이니, 실제로는 '가짜 도스토옙스키와 대역사건'이 되어버릴지도 모릅니다. 그렇지만 가짜에도 약간이나마 진실이 들어 있기도 하죠. 어쨌든 이렇게 소설을 시작한 이상, 주제는 그리 잡고 싶습니다. 시간은 충분합니다만, 언제까지고 결론이 나오지 않을지도 모르기 때문에, 중간 중간 언제든지 모르겠는 부분이 있으면 손을 들어 말씀해 주세요. 그리고 강연 후에도 질문을 받을 생각입니다.

우선 파워포인트를 통해 두 장의 사진을 보도록 하겠습니다.

……

자 보시죠.

두 사진 모두 지금부터 약 백 년 전에 발행된 『만주일일신문滿州日日新聞』의 1면 기사입니다. 간행일은 메이지明治 42년 그러니까 1909년 11월 5일과 그 다음날 6일입니다. 중국 동북부, 당시에는 관동주關東州라고 불렸는데, 그곳 일본의 조차지였던 다롄大連에서 간행된 일본어 신문입니다. 나쓰메 소세키夏目漱石가 쓴 「한만소감韓滿所感」이라는 글을 이틀 동안 상・하로 나누어 1면 기사로 다룬 것으로, 도쿄東京에서 기고한 것입니다.

원문을 프린트해서 여러분에게 나누어 드렸으니 흥미가 있으신 분들은 나중에 한번 읽어보시면 좋겠습니다.•

• 프린트 전문은 이 책의 말미에 수록.

나쓰메 소세키라고 하는 작가는 여기에 계신 여

러분 모두가 잘 알고 있으리라 생각합니다. 말하자면 일본의 근대 문학을 확립한 인물이라고 평가되는 사람입니다. 그와 동시에 일본인들이 가장 소중하게 생각하는 작가라고 해도 손색이 없습니다. 나쓰메 소세키 전집에는 그가 집필한 단편 모두가 망라되어 있습니다. 그리고 그와 관련된 연구서는 몇백 아니 아마도 그 이상 출판되어 있을 것입니다.

그럼에도 불구하고 이 「한만소감韓滿所感」은 그의 전집에 수록되어 있지 않습니다. 분명히 이 문장에 관한 연구서도 없습니다. 즉, 이 소세키의 문장은 약 백 년 전에 발표된 이래 지금까지 완전히 잊혀져 있었던 것입니다.

『만주일일신문滿州日日新聞』이 간행되고 있던 관동주關東州는 러일전쟁 후, 1905년에 체결된 포츠머스조약에 따라 러시아로부터 일본에 양도된 중국영토 내의 조차지였습니다. 그리고 이 『만주일일신문』이라고 하는 신문 자체가 여러 번에 걸쳐 경영주체나 명칭이 바뀌다가, 결국 제2차 세계대전에서 일본이 패망하여 식민지배가 끝남과 동시에 완전히 소멸해 버렸습니다. 즉, 일본 본토와 멀리 떨어진 장소에서 나고 사라진 언론이었고, 이러한 사정 때문에 소세키의 기고가 발견되기 어려웠던 것입니다.

어쨌거나, 소세키는 이 「한만소감」에 어떤 내용을 담았던 것일까요. 한번 내용을 살펴봅시다. 상上편의 서두는 다음과 같습니다. 먼저 조금 읽어보겠습니다.

滿洲日日新聞
The Manshu-Nichi-Nichi Shimbun. No. 734.
(一) Dairen Friday, November, 5. 1909
(明治三十九年十月十二日第三種郵便物認可)
明治四十二年十一月五日 宣統元年九月二十三日 金曜日 (休刊無) 第七百三十四號
韓滿所感(上)

(一) Dairen Saturday, November, 6, 1909 The Manshu Nichi-Nichi Shimbun. No. 735, (明治四十一年十一月三日第三種郵便物認可)

満洲日日新聞

明治四十二年十一月六日　宣統元年九月二十四日　土曜日　(無休刊)　第七百三十五號

韓満所感(下)

東京にて　夏目漱石

余は個人の經濟事狀を以て、個人の幸福に至大の關係を有するものと信ずる一人である、満韓在留の同胞の生活程度が、内地人のそれに比して比較的高いのを目撃して贅澤だ杯とは決して思はない。却つて内地に齷齪する我々が氣の毒でならない位である。余が満洲日々の依頼に應じて一場の講演を試みた際、背後にある中村總裁を顧みて、いくら總裁だつて内地ではあんな立派な家へは這入れませんと云つたが、是は親友の間柄、常座の冗談に過ぎなかつたのは無論の事であるけれども、是に意味を付けて解釋すれば、總裁が贅澤だと判ずるよりも、内地人がシミツタレだと讃嘆する方が寧ろ適當である。大連にある總裁の社宅は露西亞の技師長とかの家だと聞いてゐる。満鐵の總裁が露西亞の一技師長の家へ這入つて贅澤だと云はれる様では、日本も外聞のわるい程希知な國になつて仕舞ふ譯である。否余は田中理事の家に這入つて、其書齋やら應接間を見て、理事の居宅としては寧ろ狭過ぎると思つた位である。外國人を連れて來て見せたら、是が堂々たる日本の大會社の理事の住居かと云つて驚ろく位のものだらう。朝鮮で余が一週間程厄介になつた知人の官舎は新築で西洋間が四つ程ある。其木口をよく見ると、鴨緑江材に漆をかけたもので、余に云はせると寧ろ粗末である。窓掛や敷物に至つても決して整つてるとは評せられない。夫でも人は立派だ〳〵と囃してゐた。余は局長としての主人が、朝鮮迄來てわざわざこんな家に押し込められたのを却つて氣の毒に思つた。公平に云へば、我々中流の人士は誰でも此位な家に住んで然るべきであらう。余の東京早稲田の借家は、是に比して遥かに劣つてゐる。けれども自分は日本の中流の紳士として、今よりは倍以上に立派な邸宅を有して然るべきものとの觀念を常に有してゐる。此主人は又馬を二頭飼つてゐたが、是も内地から來たものが、見たら吃驚の種かも知れない。が、馬を二頭飼ふ局長が珍らしい様では、日本人の腑も亦小なりと云ふべきである。

歴遊の際もう一つ感じた事は、余は幸にして日本人に生れたと云ふ自覺を得た事である。内地に跼蹐してゐる間は、日本人程憐れな國民は世界中にたんとあるまいといふ考に始終壓迫されてならなかつたが、満洲から朝鮮へ渡つて、わが同胞が文明事業の各方面に活躍して大いに優越者となつてゐる狀態を目撃して、日本人も甚だ頼母しい人種だとの印象を深く頭の中に刻みつけられた。

同時に、余は支那人や朝鮮人に生れなくつて、まあ善かつたと思つた。彼等を眼前に置いて勝者の意氣込を以て事に當るわが同胞は、眞に運命の寵兒と云はねばならぬ。京城にある或知人が余に斯う云つた。——東京や横濱では外國人に向つて、ブロークン、イングリツシを話すのが極りが惡くつて弱つたが、此地に來て見ると妙なもので、ブロークン〳〵と何でもすら〳〵出るから不思議だ。——満韓にある邦人諸君の心理は此一言で其大部分を説明されはしなからうか

“어젯밤 오래간만에 잠시 짬을 내어 『만주일일신문』에 무언가 소식을 쓰려고 생각하여 붓을 들어 두서너 행을 쓰려고 하던 차에 이토伊藤 공이 저격당했다는 호외가 들려왔다. ……”

기사 내용, 알아보시겠어요?

소세키는 다음과 같이 썼습니다.

“어젯밤, 마침 짬이 나서 『만주일일신문滿州日日新聞』에 무언가 기고할 내용을 막 쓰려고 할 참에, 이토伊藤 공이 하얼빈에서 총을 맞았다는 신문 호외가 도착했다”라고.

여기서 ‘이토 공’이란 일본 최초의 총리대신인 이토 히로부미伊藤博文 공작을 말합니다. 그는 1909년 10월 26일, 일본에 의한 대한제국의 식민지화에 반대하는 한국인 의병 안중근에 의해 암살당했습니다. 이 뉴스가 일본 자택에 있는 소세키가 있는 곳까지 도착한 것입니다.

이토 히로부미는 네 번에 걸쳐 총리대신을 역임하고, 초대 한국 통감이 되었습니다. 즉, 대한제국을 식민지화하여 지배하고자 하는 일본 정부기관의 총책임자를 역임했던 것입니다. 그러고 나서 이토는 이해 6월에 한국 통감을 사직했습니다. 그리고 러시아의 블라디미르 코콥초프V. N. Kokovtsov 재무대신과 회담하기 위해 중국의 만주 북부의 하얼빈으로 향했다가, 그날 아침 하얼빈역의 플랫폼을 내리자마자 항일 유격대 소속의 안중근에 의해 권총으로 저격당해 죽은 바로 그 사건입니다.

소세키의 기고문이 『만주일일신문』에 실린 것은 11월 5일로, 사건으로부터 10일 정도 지난 후의 일이었습니다. 당시에는 팩스도 이메일도 없었습니다. 그래서 사건을 알게 된 다음날 소세키는 기고문을 우편으로 도쿄東京에서 만주 다롄大連으로 보냈고, 이것이 철도와 배를 통해 바다를 건너 전달되어 현지의 신문사에 도착하게 된 것입니다.

어쨌든 소세키는 도쿄에서 이 사건을 접하고는 매우 놀랐습니다. 왜냐하면 그는 마침 사건이 있기 바로 전에 학생시절 절친한 친구였던 남만주철도의 총재인 나카무라 제코中村是公의 초대로 만주와 한국을 한 달 반여 동안 여행하고 막 돌아온 참이었기 때문입니다. 당시는 조선왕조가 '대한제국'이라고 국호를 변경했었던 시대였기 때문에 '한국'이라고도 불렀습니다. 여행 중 소세키는 하얼빈에서도 하룻밤 머물렀습니다. 그리고 부산에서 배편으로 시모노세키下関로 돌아왔던 것이 10월 14일이었습니다. 돌아오는 도중에 오사카 아사히신문사朝日新聞社에 들러 도쿄의 자택에 돌아온 것이 10월 17일 아침이었습니다.

그로부터 고작 10일 정도 지난 그때, 바로 직전에 방문했었던 하얼빈역에서 일어난 이토 히로부미 암살사건을 알게 된 것이죠. 마침 그 여행에 관해 『만주일일신문滿州日日新聞』에 연재를 하려고 하던 참이었기 때문에 소세키 글의 첫 마디에서 느껴지는 긴박감은 어찌 보자면 당연한 것이었겠죠.

이어서 조금 더 읽어 봅시다.

"…… 하얼빈은 내가 얼마 전에 둘러봤던 곳으로, 이토 공이 저격당했다고 하는 플랫폼은 지금부터 1개월 전에 내가 두 발로 디뎠던 곳이었기 때문에, 드문 변고였기도 했지만, 장소로부터 연상되는 자극에 큰 충격을 받았다. 더욱이 놀라왔던 것은 다롄大連 체재 중에 농담을 주고받고, 스키야키すき焼き• 대접을 받는 등 신세를 진 다나카田中 이사와 가와카미川上 총영사가 언급되어 있었던 점이었다. 하지만, 그들이 경상이라고 호외에서 꼭 짚어 단정하고 있는 것을 보아서는 큰일은 아니겠거니라고 생각하고 잠이 들었다. 그런데 오늘 아침 『아사히신문』에 실린 자세한 기사를 보니, 이토 공이 총을 맞았을 때, 나카무라中村 총재가 쓰러지는 이토 공을 안아서 부축했다고 하니, 총재도 같은 날 같은 시각 그리고 같은 장소에 있었다는 것에 다시금 놀라지 않을 수 없었다. ……"

•【역주】 일본식 소고기 전골요리.

남만주철도의 이사 다나카 세이지로田中清次郎는 당시 37세였습니다. 그리고 하얼빈 총영사 가와카미 도시쓰네川上俊彦는 당시 47세, 그리고 나쓰메 소세키는 당시 42세였습니다.

즉, 소세키는 분명 깜짝 놀라기는 했습니다만, 이것은 어디까지나 얼마 전 막 방문을 마치고 돌아왔던 장소에서 변고가 있어났으며, 심지어 이 사건에 당시 만주 현지에서 신세를 졌던 사람들이 휘말렸다는 사실에 깜짝 놀랐던 것입니다. 자국의 전 총리가 암살

되었던 것에 대한 분노와 흥분 혹은 슬픔과 같은 감정은 없었던 것 같습니다. 사건 현장에 함께 있었던 지인들이 '경상'이었다는 보도를 듣고 안심하고 곧바로 잠이 들었던 정도였으니 말입니다. 그리고 다음날 아침에는 옛 친구인 나카무라 제코中村是公마저 그 장소에 있었으며 게다가 저격당한 이토 공을 안아 부축했다는 것을 알고는 다시금 더욱 놀랐던 것입니다.

당시 신문 등에 따르면 사건 당일 저격 사건 전후의 경과는 대략 다음과 같습니다.

…… 아침 9시, 추밀원 의장인 이토 히로부미 일행을 태운 특별열차가 창춘長春에서 동청東清 철도를 밤새 달려 하얼빈역의 플랫폼에 도착하자, 회담 상대인 러시아의 코콥초프 재무대신 등이 마중을 나왔습니다. 일련의 환영 의례가 끝난 직후, 양복 차림에 헌팅캡을 쓰고 외투를 입은 남자가 경비들의 사이를 비집고 들어와 권총으로 이토伊藤를 저격했습니다.

…… 먼저 세 발을 쏘았는데 모두 이토에게 정확하게 명중했습니다. 그 후에 수행원들을 향해 세 발을 더 발사하여 그들도 부상을 입혔습니다. 수 명의 러시아 병사가 그를 덮쳐 깔아 눕혔습니다. 그때 그 남자는 '코레야 우라'라고 외쳤다고 합니다. 한국 만세라고. 안중근은 러시아어를 모른다고 합니다만, 여기에서는 러시아어로 말했습니다. 그리고, 약 30분 후에 이토는 숨을 거두었습니다.

이 사건을 전하는 '호외'를 도쿄에 있던 나쓰메 소세키가 언제

어떤 기사를 통해 접했던 것일까요? 결론부터 말하자면, 당일 매우 빠르게 「이토 공 저격당하다」, 「이토 즉사」 등의 호외가 나왔는데, 이는 『오사카아사히신문大阪朝日新聞』 호외의 제목이었습니다.

본문에는 "이토 공이 26일 하얼빈역 플랫폼에 도착하여 열차에서 내리려고 할 때에 한국인으로 보이는 자가 이토 공을 저격했다고 가와카미川上 총영사로부터 전보가 있었다. 그리고 수행원인 다나카田中 만주철도이사도 경상을 입었다. ……", 그리고 "도쿄전화, 26일 발"이라고 쓰여 있었습니다. 당시의 급한 기사는 모두 전화나 전보였습니다. 이와 유사한 호외를 『도쿄아사히신문東京朝日新聞』에서도 냈겠죠. 이때에는 소세키 자신도 도쿄아사히신문사의 사원이었습니다. 러일전쟁 이후 신문사 간의 속보경쟁은 격화일로에 있었습니다.

다음날 10월 27일 『도쿄아사히신문』에는 「이토 공 살해당하다」라는 상세한 기사가 실렸습니다. 한편 같은 신문 제3면에는 6일 전부터 소세키가 연재를 막 시작한 「만주와 한국 여행기満韓ところどころ」 제5회도 함께 연재되고 있었는데, 이는 일전에 그가 만주와 한국 여행을 하고 돌아온 뒤의 보고문입니다.

이와 같은 정황을 바탕으로 판단해 보자면, 소세키가 사건의 '호외'와 『아사히신문』지상의 상세 기사를 보고, 만주일일신문사에게 「한만소감韓満所感」의 원고를 보낸 것은 10월 27일이라고 할 수 있겠죠.

더욱더 중요한 점은 소세키가 도대체 어떤 경위로 『만주일일신문』에 기고하기로 하는 약속을 했는가라는 것입니다. 이를 알기 위해서는 먼저 그가 「만주와 한국 여행기」의 여행에 어떠한 경위로 참가하게 되었는지 확인을 해 두지 않으면 안 됩니다.

소세키에 의하면 그 여행의 계기는 7월 말, 도쿄에 있는 그의 자택에 '만주철도' 즉, 남만주철도의 총재인 나카무라 제코中村是公가 방문한 것으로부터 시작됩니다. 나카무라는 '만주에 신문을 발행하려고 하는데 와보지 않을 텐가?'라고 소세키에게 권유했던 것입니다. 그들은 10대 시절부터 같은 하숙집에서 학생 생활을 보낸 사이였기 때문에 사이가 좋았습니다. 소세키는 나카무라를 '제코'라고 편하게 불렀습니다. 나카무라는 소세키를 '긴짱金ちゃん'이라고 불렀는데, 이는 소세키의 본명이 나쓰메 긴노스케夏目金之助였기 때문이었습니다.

이때, 나카무라 제코가 소세키에게 '신문을 발행하려고 하니까'라고 한 것은 바로 『만주일일신문滿州日日新聞』을 가리키는 것이었습니다. 즉, 당시 이 신문은 실질적으로 만주철도가 경영하고 있었던 것으로, 나카무라 제코 측에게는 유명 작가인 소세키의 협력을 얻고 싶다는 바람이 있었던 것입니다.

한편 소세키의 입장에서는 도쿄와 오사카 두 지역 모두에서 발행되고 있었던 『아사히신문朝日新聞』에 연재하던 「그 후それから」라는 소설이 슬슬 연재가 끝나갈 무렵이었기에 이 여행 권유에 마음이 움직이게 됩니다. 런던에 유학을 했던 경험이 있었지만, 중국과

한국에는 가본 적이 없었습니다. 그래서 기분전환을 겸해서 친구를 의지해서 만주와 한국 여행을 해 보는 것도 나쁘지 않겠다고 하는 생각이 들었던 것이겠죠.

러일전쟁은 1904년부터 1905년에 걸친 전쟁이었는데, 해전의 경우 동해에서 치러졌습니다. 그렇지만, 육지에서의 주된 전장은 일본도 러시아도 아닌, 중국의 만주였습니다. 그래서 이 전쟁의 강화조약으로 일본은 러시아가 지금까지 만주에서 경영해 왔던 철도의 일부를 손에 넣게 됩니다. 구체적으로는 창춘長春-뤼순旅順 노선을 가리킵니다. 그곳에서 국영 철도회사를 시작했던 것이 나카무라 제코가 제2대 총재로 근무했던 남만주철도였습니다. 1906년 말에 창립되었는데, 이 만주철도의 경영하에 다음해 1907년에 『만주일일신문滿州日日新聞』이 창간됩니다. 그렇지만, 이 신문사의 초대 사장의 경영 방식이 서툴러서 나카무라 등 경영진은 사장 교체를 준비하고 있었는데 이것이 바로 1909년 여름이었던 것입니다.

8월 중순이 되자 도쿄 소재 소세키의 집에 이토 고지로伊藤幸次郎라고 하는 남자로부터 '만주철도에 들어가 신문을 담당하게' 되었으니 잘 부탁한다는 편지가 도착합니다. 이 남자도 학생시절 소세키의 동급생으로 9월에 그가 『만주일일신문』의 2대째 사장으로 취임합니다. 9월을 시작으로 소세키가 만주로 건너가자 이토伊藤는 그에게 다롄大連에서의 강연을 부탁하여 실현시키기도 합니다.

일본에 돌아온 후 소세키는 앞서 말한 바와 같이 당시 『아사히

신문』 소속의 작가였기 때문에 10월 21일부터 『아사히신문』의 지면에 기행문인 「만주와 한국 여행기滿韓ところどころ」의 연재를 시작합니다. 그런데 연재를 시작하자마자 5일 후인 26일에 안중근의 이토 히로부미 저격사건이 하얼빈에서 일어난 것입니다.

이 사건에 대해 소세키가 어떤 감상을 품고 있었는지는 확실히 알 수 없습니다. 그는 일본에 의한 식민지화가 진행되고 있는 한국을 여행하는 동안, 품성이 좋지 않은 일본인에게 속거나 당하고 있던 현지의 한국인들을 불쌍하게 생각하면서도, 한편으로는 일본인의 해외진출의 모습을 자랑스럽게 느끼는 부분도 없지는 않았던 것 같습니다. 양면적이라고 해야 할까, 흔들리고 있었습니다. 그렇기 때문에 그는 이러한 문제에 대해서 전혀 시비를 논하고 싶지 않다고 해야 할까, 다소간 거리를 두고 외면하고 싶어 하는 듯한 태도를 취하고 있었습니다.

이러한 인상은 이번에 보여드린 「한만소감韓滿所感」에서도 다를 바 없습니다. 현지의 사람들에 대한 차별감정이 없는 것은 아니지만, 그보다 오히려 무언가 대충 대충 얼버무리는 듯한 지루함을 느끼게 합니다. 이는 소세키의 일반적인 비평적 단문 등에는 나타나지 않는 모습입니다. 즉, 이와 같은 투덜거리는 듯한, 어떤 의미에서 보자면 불성실함이 이 시기의 만주와 한국 여행 기간 중의 그의 문장이나 강연의 특징이라고도 할 수 있을 것 같습니다.

한편, 한국인에 의한 일본 초대 수상의 저격 사건은 당시 일본사

회에서 충격적인 대 뉴스였습니다. 이 사건에 대한 보도로 『아사히신문』의 지면은 꽉꽉 차기 일쑤였고, 그 때문에 소세키의 기행문인 「만주와 한국 여행기満韓ところどころ」의 연재는 빈번하게 휴재되곤 했습니다. 소세키에게 있어서 이 또한 마음에 들었을 리 만무합니다. 실제로 연재하는 사람 입장에서도 집필 리듬이 흐트러져 버리기 때문이죠. 이러한 사정 때문에 그는 점점 이 연재를 계속하는 것에 더욱 싫증을 느끼게 됩니다. 제멋대로 군다고도 볼 수도 있겠습니다만, 사실 그에게는 오히려 이와 같은 소동을 구실로 연재를 중단하고 싶은 마음이 커져만 갔었던 것일 수도 있습니다. 왜냐하면, 이 연재를 계속하게 되면 결국에는 한국 여행을 배경으로 안중근에 의한 이토 히로부미 저격에 관해서도 무언가 의견을 기술하지 않으면 안 되기 때문입니다.

결국 소세키는 「만주와 한국 여행기満韓ところどころ」에서 만주 여행 부분만을 질질 끌다가 이윽고 그 여정이 한국에 다다랐을 때, 그해 연말을 기점으로 연재를 중단하고 맙니다. 그렇기 때문에 「만주와 한국 여행기」라는 기행문은 실제로는 '満만주'에 관한 내용뿐으로 '韓한국'에 관해서는 아무것도 다루지 않고 끝나버리게 됩니다. 소세키의 마음이 여기에 잘 드러나 있다고 생각합니다. 그는 더 이상 무리하면서까지 이 여행기를 계속하는 것보다 다음 소설을 위해 신경을 집중하고 싶어졌던 것이겠죠.

이러한 일련의 과정을 거쳐 나쓰메 소세키가 그 다음해 1910년

3월부터 『아사히신문』 지상에 연재를 시작한 것이 『문門』이라고 하는 가정소설입니다. 이 소설 집필을 시작하고 나서 얼마 후에 그는, 단둘이서 생활하고 있는 주인공 부부에게 다음과 같은 대화를 시킵니다. 이것도 한 번 읽어보도록 하겠습니다.

> 소스케宗助는 5, 6일 전 이토 공이 암살되었다는 호외를 보고는, 오요네お米가 일하고 있는 부엌으로 나가 "이거 봐 큰일이야. 이토 히로부미가 죽었어"라고 전하며 손에 들고 있던 호외를 오요네의 앞치마 위에 올려놓고 서재로 갔으나, 그의 말투는 내용과 달리 침착했다.
>
> "여보, 큰일이라고 말한 것 치고는 조금도 큰일을 전하는 목소리가 아닌데요?"라고 오요네가 이어서 농담 반 진담 반으로 일부터 주의를 줄 정도였다. 그 후 매일매일 신문에 이토 공의 사건 관련 기사가 5~6단에 걸쳐 실리곤 했는데, 소스케는 그러한 기사를 읽는 둥 마는 둥 암살사건에 관해서는 아무런 감흥이 없어 보였다.

이 모습, 바로 소세키 자신의 모습처럼 생각되지 않습니까?

…… 그런데, 여기서부터 이 주인공은 더욱 뜬금없는 이야기를 꺼냅니다.

> "나 같은 고시벤腰弁이라면야 죽기 싫지마는, 이토 히로부미 같은 사람은 하얼빈에 가서 암살당하는 편이 낫다니까"라고 소스케가 처음으

로 의기양양하게 말했다.

"어머, 어째서요?"

"어째서라니, 이토 히로부미는 암살됐으니까 역사적으로 위대한 사람이 될 수 있단 말이지. 그런데 만약 그냥 평범하게 죽었어봐, 그건 어렵지."

'고시벤腰弁'이라는 것은 이 주인공 소스케와 같이 월급이 낮은 하급 공무원을 가리키는 말로, 허리腰춤에 도시락弁当을 늘어뜨리고는 출근하는 모습에서 유래했습니다.

어쨌거나 이처럼 소세키라고 하는 사람은 이 문제에서 다소 거리를 두고 바라보고 있다는 것을 알 수 있습니다.

작가가 말하는 「한만소감韓満所感」의 발견

그건 그렇고, 한 세기 동안이나 잊혀 있었던 나쓰메 소세키의 「한만소감」을 발견하게 된 경위도 설명해 두고자 합니다.

작년 2010년 봄이었습니다.

저는 한국 광주시의 전남대학교에서 열린 '광주민중항쟁 30주년 국제 심포지엄'에 초대를 받았습니다. 3일간에 걸쳐 열린 행사로 저도 여기에서 20분 정도의 발표를 하고 토론에 참가할 예정이었습니다. 이 행사는 1980년 5월, 광주시의 학생과 시민들이 군사쿠데타 정권에 저항했던 '광주민주화운동'으로부터 정확히 30년이 되는 해를 맞아 준비된 것이었습니다. 부연하자면, 이해의 한국은 1960년 학생 데모가 이승만 정권을 쓰러뜨린 4·19혁명으로부터 50주년, 일본에 의한 1910년 한일병탄으로부터 100년, 그리고 안중근이 서거한 지 100주년에 해당하는 해로, 마치 행성이 일직선으로 나열하듯이 우연이 거듭된 의미심장한 한 해였습니다.

저는 광주민주화운동 당시, 19세 대학 신입생으로 일본 교토京都에서 살고 있었습니다. 군사독재정권이 오랫동안 계속 되어 왔던 한국은, 박정희 대통령이 전년도 가을에 암살된 후, 그해 봄에는 '서울의 봄'이라고 불리는 민주화를 요구하는 학생들의 대규모 데모가 계속되었습니다. 그렇지만, 이 와중에 전두환이 군대를 이끌고 쿠데타를 일으켰는데, 특히 광주에서는 많은 학생이나 시민들이 연행되거나 죽임을 당했습니다. 그리고 민주화 세력의 대통령 후보였던 김대중 등의 인사들은 체포되어 사형판결이 내려질 상황에 있었습니다.

당시, 저는 고대사와 고고학에 흥미를 가지고 대학에 입학했습니다. 그렇지만, 지도교수의 추천도 있고 해서, 기초세미나 등을 통해 일한관계사에 관한 공부를 시작했습니다. 그러니까, 고대로부터 이어진 한반도와 일본열도의 교섭사에 관한 공부였습니다. 저의 주변에는 일본에서 태어난 한국인과 조선인, 즉 재일 한국인 친구들도 많았기 때문에, 이 또한 은연중에 동기부여가 되었을 것이라고 생각합니다.

그런데, 그렇게 일본에서 태어나고 자란 한국인 학생들이 한국의 대학에서 유학하는 동안 공산당의 스파이 용의로 투옥되는 일들이 빈번하게 일어났던 것입니다. 한국 사람들에게 있어서 그들은 같은 한국 국적을 가지고 있다고는 하지만, 태어날 때부터 일본이라는 외국에서 자란, 말하자면 다른 문화권의 인간입니다. 그들을 음모와 연루된 사람들로 내세워 해외로부터 위험한 사상이 들어온다는 공포감을 부추겨 국내에 군사독재가 계속되는 것을 정당화하는 정책에 그들이 희생된 것에 다름 아니었습니다.

이 무렵, 저의 연구실 1학년 동기들은 한국의 현실이 자신들이 공부하고 있는 것과도 연관이 있다는 생각에, 학내에서 광주민주화운동의 체포자들의 석방을 촉구하는 집회를 지속적으로 개최했습니다. 우리들의 서명을 모아서 한국정부에 보내볼까 하는 수준의 운동이었습니다만, 그러던 어느 날 한국의 형무소나 구치소에 수감된 일본 출신의 한국인 유학생들에 대한 차입 등 지원활동에 참가하지 않겠냐고 하는 제안을 받게 되었습니다. 현지의 변호사나 인권옹호 관계자, 친족 등과도 만나주었으면 하는 것이었는데, 당시 나는 19살로 어떤 운동 조직과도 관계가 없었습니다. 그래서 무슨 생각으로 이러한 지원활동에 관여하고 있는 사람들이 나에게 접근해 왔는지는 모를 일이었습니다. 아마도 젊고 건강한 녀석에게 이러한 경험을 쌓게 해 주는 편이 좋겠다는 생각이었을지도 모릅니다. 지금의 저라도 젊은 세대들에게 분명 그렇게 생각했을 테지요. 어쨌든 간에, '다른 경험자 3명과 함께 한국에 건너가고자 하니, 자네는 여권과 비자만 준비해 주면 된다'는 것이었습니다.

세 명의 연장자와 함께 제가 한국의 김포공항에 내린 것은 1981년 1월이었습니다. 그날은 마침 비상계엄령이 약 1년 3개월 만에 해제된 다음날이었습니다. 그렇기는 하지만, 당시에는 아직 야간 외출금지령이 계속되고 있었습니다. 한겨울의 서울은 일본보다 한참이나 추웠습니다. 당시에는 거리 중심가를 조금 벗어난 서대문이라고 하는 곳에 큰 구치소가 있었는데, 면회나 차입을 위해 가족들이 긴 행렬을 이루고 있었습니다.

우리들은 그곳에서 둘로 나뉘어, 한국 국내 각지의 형무소나 보안감호소라고 불리는 비전향 정치범을 수감하고 있는 시설을 돌았습니다. 몰래 인권활동을 계속하고 있는 변호사나 목사, 전 정치가, 그리고 친족들과도 현지에서 어떻게든 연락을 해서 만나고 왔습니다. 그렇지만, 역시 군사정권하의 사회라는 곳에서는 이렇게 움직이다 보면 힘이 빠지게 되는 일이 거듭되기 마련입니다. 고생해서 상대의 주소를 찾아가 보아도, 마구 어지럽혀 있는 빈 방만 남아 있다거나하는 경우도 있었습니다. 이는 필시 여기 여러분의 사회에서도 경험했었던 일이라고 생각합니다. 당시의 그 겨울은 아무리 젊은 저에게도 사무치게 추웠습니다.

제가 그로부터 30년이 지난 작년, 뜻하지 않게 광주시에서 개최된 '광주민중항쟁 30주년 국제 심포지엄'이라는 행사에 초대된 것은 그 때문인 듯했습니다. 심포지엄 초대 전화를 저에게 걸어온 사람은 바로 30년 전 제가 한국의 형무소에서 차입을 해 주었던 수형자 중 한 명이었습니다. 그 당시에는 면회조차도 허락되지 않았습니다. 단지 겨울을 지낼 옷가지와 얼마간의 영치금, 지극히 짧은 편지 등을 차입할 수 있을 뿐이었습니다. 그렇지만, 그는 30년 후의 광주시 심포지엄에서 정년을 얼마 남기지 않은 대학교수가 되어 의장석에 앉아 있었습니다.

그런데, 그 심포지엄 회장에서 로비를 나오니 한국의 몇몇 출판사가 가판을 열고 있었습니다. 심포지엄의 주제와 관련이 있을 법한 출판물을 가져와 판매하고 있었던 것입니다. 저는 발표를 마치고 난 뒤 휴식시간에 몇몇 책자를 손에 들고 펼쳐보았습니다. 역사서 전문 출판사의 가판이었다고 회상합니다. 그중에서 『대한국인 안중근 자료집』이라는 붉은색의 큰 판형의 책이 한 권 있었습니다. 열어보니, 안중근에 의한 이토 히로부미 저격사건 당시의 신문기사가 마이크로필름 상태로 크고 작은 것 구별 없이 일자별로 나열되어 인쇄되어 있던 책이었습니다. 그중에서 하나가 1909년 11월 5일 자 『만주일일신문滿州日日新聞』의 기사였는데, 한글로 「한만소감(상)」이라는 제목이 붙어 있었습니다. 원래 기사 자체는 일본어로 작성된 것이었는데, '도쿄에서 나쓰메 소세키夏目漱石'라고 필자명이 기록되어 있는 것이 눈에 들어왔습니다.

저는 나쓰메 소세키에 관해서는 예전부터 조사한 바가 있어 이런 제목의 수필은 『소세키 전집漱石全集』에도 실려 있지 않은 것 같다는 생각이 들었습니다. 그래서 우선 그 자료집을 사가지고 일본에 돌아왔습니다.

그 후 여러 도서관을 찾아보면서, 역시나 이 기사가 전집 등에도 수록되어 있지 않다는 것을 알게 되었습니다. 그리고 『대한국인 안중근 자료집』은 안중근에 관한 언급이 들어 있는 기사만을 모아 놓은 것이기 때문에, 「한만소감(상)」만이 실려 있었지만, 『만주일일신문』의 지면을 찾아보니 「한만소감(하)」도 다음 날 기사에 게재되어 있다는 것을 확인할 수 있었습니다.

그 이후 한참 동안 이 기사와 관련된 것들을 조사했습니다만, 지금까지 이 기사에 관한 원고를 정리할 시간을 갖지 못한 채 지내고 있었습니다. 그래서 오늘 이렇게 상트페테르부르크대학의 일본학과에서 여러분을 상대로 자유롭게 강연할 기회를 얻게 된 참에 기사에 관해 보고하게 된 것입니다.

아마도 한국의 『대한국인 안중근 자료집』의 편집자들은 이 나쓰메 소세키의 글을 발견하기는 했지만, 그들의 관심은 나쓰메 소세키가 아니라 안중근 쪽이었기 때문에 더욱더 신경을 쓰지 않았을 것입니다. 문학사 연구란 것이 대개 그러한데, 이런 것을 발견한 당사자는 두근두근할지 모르지만, 그 자료의 배경에 어떤 이야기가 숨어 있는가를 밝혀내지 않으면 대다수의 사람들은 그냥 지나칠 뿐입니다. 심지어 발견한 당사자조차도 결국 잊어버리게 되죠.

'노보키예프스크'라는 장소에 관하여

그렇다면 안중근은 누구일까요?

오늘의 이야기에서 가장 중요한 부분입니다.

그는 1894년 조선의 황해도 해주, 지금의 북한 지역의 황해 연안의 마을에서 태어난 인물입니다. 그러니까 이토 히로부미伊藤博文를 권총으로 쏠 때, 그는 만 30세가 됩니다. 그는 그 이듬해 1910년 3월 26일, 일본의 관동도독부關東都督府가 관할하고 있는 랴오둥遼東반도의 뤼순旅順 형무소에서 사형을 당했습니다. 사건으로부터 정확히 5개월 후의 일로, 교수형이었습니다.

계몽적인 지식인층의 장남으로 태어난 그는, 어릴 때부터 사냥을 좋아했다고 합니다. 그리고 10대가 끝나갈 무렵 가톨릭 세례를 받았습니다.

19세기 후반 이후의 동아시아는 중국의 동북 지역 즉, 만주 그리고 연해주 그리고 한반도 일대를 둘러싸고 러시아, 중국, 일본이 다투던 시대였습니다. 이들 국가들 사이에 위치한 조선은 이들 등쌀에 밀려 힘을 잃어갔습니다.

이 시기는 아직 중국의 동북 지역과 러시아 사이의 국경도 확립되어 있지 않은 시대였습니다. 무엇보다 그 주변 아무르Amur강, 우수리Usuri강 등의 유역에는 당시 러시아인들이 그렇게 많지 않았습니다. 오히려 소수 북방계 선주민들이 수렵이나 어로로 살고 있었던 땅이었는데, 당시에는 더더욱 그러했습니다. 1858년, 아이군 조약琿條約이 러시아와 청나라 사이에서 맺어져 아무르강 즉, 흑룡강 하류를 바라볼 때 좌측 연안은 러시아의 영토가 되었습니다. 이어 1860년 베이징 조약을 통해 우수리강으로부터 동쪽 연해주도 러시아의 영토가 됩니다. 그렇지만 그렇게 되면 두만강을 사이에 둔 청나라와 조선의 국경을 어떻게 처리해야 할 것인가, 그리고 그 하류의 조선과 러시아의 국경은 어떻게 될 것인가와 같은 문제가 대두됩니다.

이는 단순히 잊혀 있던 변방의 국경문제가 아닙니다. 왜냐하면 백두산에서 동해로 흘러들어가는 두만강 하류를 바라볼 때 좌측 연안 즉, 중국 측에 해당하는 지역에는 이미 많은 조선인이 살고 있었기 때문입니다. 러시아영토로 편입된 연해주도 마찬가지였습니다. 1904년부터 이듬해에 걸쳐 러일전쟁과 병행하여 일본이 대한

제국의 속국 화를 가속화함에 따라 토지나 재산을 잃어버린 한국의 농민층 그리고 일본에 의한 지배가 싫었던 사람들이 더욱더 국경을 넘어 이곳의 토지로 이주해갔습니다.

안중근은 이러한 시대를 살았던 사람이었습니다.

러일전쟁의 해전에서 일본 해군이 승리를 거두었지만, 육상 전투에서는 러시아 육군이 아직 여유가 있었습니다. 그럼에도 불구하고 러시아가 강화조약을 서두르지 않으면 안 되었던 데에는 자국 내, 특히 여기 페테르부르크에서 혁명이 확산되고 있었기 때문이었겠죠. 뒤로부터 불똥이 튀고 있었던 것입니다.

한편 일본은 러일전쟁 전후 3년 동안 대한제국과의 사이에서 세 번에 걸친 조약을 맺고 속국화를 달성했습니다. 물론, 이러한 일련의 사건이 동시에 진행된 것은 우연이 아니었습니다. 모두 연관이 있습니다.

안중근은 이러한 시대 속에서 청년기를 보냈습니다. 10대 중반에는 결혼을 했으며 세 명의 아이도 있었습니다. 그리고 공정함을 중시했던 사람이었다고 합니다.

러일전쟁 후 그는 아버지와 상의한 끝에 중국의 산둥반도와 상하이 근처로 이주하여 일본에 대한 저항운동을 조직하고자 생각하고 산둥, 상하이를 둘러봤던 적이 있었다고 합니다. 그러하던 중 상하이 거리에서 이전부터 친하게 지내고 있었던 프랑스 신부와 우연히 만나게 됩니다. 어째서 이런 곳에 있는지 신부가 놀라자 그는 자신의 계획을 이야기했습니다. 그러자 신부는 강하게 그 계획에 반대했다고 합니다.

"…… 자네의 주장은 지당하지만, 가족을 외국에 이주시키는 계획은 잘못되었네. 프랑스가 독일과 전쟁을 한 결과, 알자스・로렌 지방을 할양하게 된 것은 알고 있겠지. 이후 40년 가까운 기간 동안 이를 수복할 기회는 여러 번 있었지만 뜻있는 자들이 외국에 도피해버렸기 때문에 지금까지도 그 목적을 달성하지 못하고 있다네. 이와 같은 과오를 저질러서는 안 되네. 자네는 바로 본국에 돌아가서 자신이 해야 할 바에 힘을 쏟게나"라고.

그는 고국에 돌아와 평양과 가까운 진남포에 두 개의 학교를 열고 청년들의 교육에 힘을 쏟아 후진을 양성하기 시작합니다. 가계를 다시 일으키고자 평양에서 탄광 채굴 사업을 시작했으나, 일본인의 방해로 말미암아 오히려 큰돈을 잃은 적도 있었다고 합니다. 아버지는 그 무렵 이미 돌아가시고 난 후였습니다.

이 무렵, 1907년에는 일본정부가 이윽고 한국의 황제였던 고종에게 퇴위를 요구하고 한국군을 해산시켜버리고 맙니다. 따라서 안중근과 그 주변의 사람들은 한국 통감인 이토 히로부미의 책임하에 이와 같은 일들이 일어났다고밖에 생각할 수 없었습니다. 마침내 이와 같은 사태에 이르자 그는 스스로 저항운동에 뛰어 들어 의병, 즉 레지스탕스가 되기로 마음을 먹었습니다.

안중근은 두만강을 건너 중국 동북 지방인 간도 지방으로 들어갔습니다. 그러나 이 땅에도 이미 일본군이 주둔하고 있었고, 그래서 그는 여기저기 떠돌아다닐 수밖에 없었습니다. 그는 그곳에서 러시아 영토에 들어가 한국 및 중국 등의 국경과도 인접한 노보키예프스크 그리고 블라디보스토크에 다다르게 됩니다. 당시 이 항구도시에는 4~5천 명의 한국인이 있었다고 합니다. 이곳을 거점으로 그는 동지를 모았습니다. 시베리아 방면의 동지들과도 연계하여, 무기도 모아 다시금 두만강 가까운 곳까지 집결할 수 있었습니다. 이때, 그는 의병의 참모중장에 임명되어 병력은 약 3백 명 정도였다고 합니다. 이 병력으로 두만강을 건너 한반도 북부로 넘어 들어갔는데, 그것이 1908년 6월의 일이었습니다.

낮 동안에는 몸을 숨기고, 야음을 틈타 행군했습니다. 모국 땅이었음에도 불구하고, 이제는 이렇게라도 하지 않으면, 일본군이 한국 방방곡곡을 엄중하게 경비하고 있었기 때문에 자유롭게 움직일 수 없었던 것입니다. 일본군과도 수차례 교전하여 상호간에 사상자와 포로가 나왔습니다. 안중근은 포로가 된 일본군이나 상인을 상대로 다음과 같이 자신의 주장을 피력했습니다.

"…… 당신들은 일본의 국민이다. 러일전쟁 당시, 덴노•는 선전포고에서 '동양의 평화를 지키고 대한의 독립을 강고히 하겠다'고 말했다. 그럼에도 불구하고 그랬던 일본인들이 이렇게 한국에 멋대로 들어와 강도와 같은 행위를 저지르는 것은 곧 덴노에 대해 역적과도 같은 행위를

•【역주】 덴노天皇 : 일본의 왕, 일왕. 이 책에서는 이를 고유명사로 취급하여 원음 발음 그대로 '덴노'라고 표기함.

저지르는 것과 무엇이 다르겠는가?"

즉, 그는 민족주의자였습니다. 그리고 그뿐만 아니라 각자의 민족주의를 존중하는 사람이었습니다. 자신 스스로 한국인으로서의 애국심을 다하겠으니 당신들도 일본인으로서 서로의 애국심을 존중하여 자신들의 자랑스러운 민족주의를 다했으면 좋겠다고.

일본인 포로들은 너무나도 지당하다고 하며 눈물을 흘리며 마음을 고쳐먹었다고 합니다. 안중근은 그것을 보고, '당신들을 즉시 석방하겠다'고 말하며 총과 같은 무기를 돌려주고 방면해 주었습니다. '이제부터 즉시 돌아가 '동양의 평화'를 실현하라'고.

다만, 지금 당시의 러일전쟁의 개전을 알리는 조칙 즉, 덴노의 명에 의한 선전포고를 다시 살펴보자면, 안중근의 기억과는 약간 다르게 표현되어 있음을 알게 됩니다. '대한의 독립'은 정확히는 '대한의 보전'이라고 기술되어 있습니다. 보전이라는 것은 안전을 보장한다는 의미입니다. 한국인인 안중근에게 '한국의 보전'은 독립을 의미하고 있었던 것이었겠죠. 그렇지만 덴노를 앞세운 일본의 입장에서는 '한국의 보전'이라는 것이 반대로 한국에서의 일본의 권익 확보라는 의미였던 것입니다.

안중근이 이때 일본인 포로를 방면했던 사실은 나중에 의병들 사이에서도 문제가 되었습니다. 왜 모처럼 사로잡은 포로를 석방했는지 말입니다. 이에 대해 안중근은 '만국공법에 의해 포로를 살육하는 것은 불가하고, 후일에 석방하게 되어 있다'고 대답했습니다. 다시 말하면 그는 당시로서는 아직 과도기적인 새로운 이념이었던, 네덜란드 헤이그에서 체결된 전시국제법인 만국공법에 대해 알고 있었던 것입니다. 하지만 이와 같은 이념은 일본에서는 끝끝내 정착되지 못합니다. 그렇지만 안중근은 자신과 다른 의견을 가진 의병들에게 '지금 우리들이 그들과 똑같이 야만적인 행위를 해도 좋다는 것인가'라고 반론했습니다. 또한 상황을 냉정하게 바라보아야 하는데, '지금은 우리가 열세이고 그들이 우세한데, 불리한 전투는 해서는 안 된다'고 말했습니다. 하지만 이와 같은 안중근의 명분을 받아들이지 못하고 부대를 떠나버린 동지들도 있었습니다.

그들은 일본군의 공격을 받아 뿔뿔이 흩어져 배고픔과 추위에 시달렸습니다. 그러던 중에 안중근은 미국 독립의 아버지, 워싱턴에 대해 생각했습니다. '만일 여기서 살아남아 대업을 완수할 수 있다면, 나는 반드시 미국으로 건너가 워싱턴을 추모하겠노라'고.

그는 처참한 상태로 각지를 전전하다가 두만강을 건너 러시아의 영토로 도망갔습니다만, 그곳에는 일본군도 들어올 수 없었습니다.

러시아 영토 내, 러시아, 중국, 한국 세 나라의 국경이 아슬아슬하게 접하고 있는 그 근처에는 아까도 말한 '노보키예프스크'라는 작은 마을이 있습니다. 이 근처에는 당시 주민의 대부분이 한국인이었습니다. 그가 여기에 도착했을 무렵에는 친했던 동지들도 알아보지 못할 만큼 피골이 상접한 상태였다고 합니다.

19세기 후반의 영국에 이자벨라 버드라는 여성 여행가가 있었습니다. 안중근이 살았던 시대보다 10여 년 전이었습니다만, 그녀는 이 부근을 여행했었습니다. 그녀는 당시 러시아의 영토였던 연해주 일대에 거주하고 있던 2만 명에 가까운 한국인들이 어떻게 살고 있는지에 대해 관심이 있었다고 합니다.

그녀가 쓴 바에 의하면, 노보키예프스크에 살고 있던 민간인은 약 천 명 정도의 한국인 외에 중국인도 살고 있었다고 합니다. 그리고 이 부근은 국경과 매우 가까웠기 때문에 이러한 민간인 주민 외에도 포시에트라는 인근 마을과 노보키예프스크 사이에 1만 명 정도에 이르는 러시아 보병대나 포병대가 배치되어 있었다고 합니다. 포시에트는 포시에트만에 접해 있는 바닷가 마을이었습니다. 그녀가 그곳에서 우편마차에 편승해 노보키예프스크로 향할 때, 수풀이 무성한 구릉지를 넘어 대략 두 시간 정도 걸렸다고 합니다.

다시 말하면 노보키예프스크는 이 주변 지역의 중심지였던 것입니다. 벽돌과 돌로 지어진 어엿한 무역상점뿐만 아니라, 군대의 연병장이나 훈련장도 있었습니다. 그리스 정교의 큰 예배당이 있어, 한국인 신자도 이곳에 다니고 있었습니다. 중국인이 경영하는 상점도 40채 정도 있었다고 합니다.

이 부근은 19세기 중후반 무렵 한국인이 이주해 오기 전에는 거의 사람이 살지 않는 버려진 땅이었습니다. 그렇지만, 그들은 이곳의 토지를 열심히 개척해, 지금에 와서는 아름다운 검은 흙이 광대하게 펼쳐져 있는 비옥한 밭을 일구어 냈습니다. 감자와 야채농사 그리고 낙농업이 발전해서, 100킬로미터 정도 떨어진 블라디보스토크에서 소비되는 소고기도 대부분 이 부근의 한국인 지구에서 공급되었습니다. 블라디보스토크는 포시에트항으로부터 정기선으로 7시간 정도 걸리는데, 그곳에 4~5천 명의 한국인이 살고 있었다는 것은 앞서 말한 바와 같습니다. 학교도 몇 군데 있었고, 청년회도 조직되어 있었다고 하는데, 이는 안중근이 직접 말한 내용입니다.

안중근은 블라디보스토크에 한동안 머물면서 체력을 회복하고 나서, 블라디보스토크 그리고 하바로프스크에서 아무르강을 증기선으로 거슬러 올라가 각지의 한국인을 조직화하고자 했습니다. 그렇지만, 자본 면에서 스스로도 너무나 빈곤했습니다. 이는 너무나도 고통스러웠던 점이라고 생각합니다. 각지의 한국인들은 그를 받아주고 잠잘 곳을 제공해 주기는 했지만, 함께 항일운동에 몸바쳐가며 움직이려 하지 않았습니다. 모두 각지 자신들의 삶을 영위하느라 바빴습니다.

그는 다시 국경지대 부근의 노보키예프스크로 돌아왔습니다. 그리고 그곳에서 머물면서 돌연 미칠 듯한 정신적 고통에 시달렸다고 형무소에서 기록한 자서전을 통해 말했습니다. 원문에는 한문으로 '심신분울心神憤鬱'이라고 표현했습니다. 이는 일본어에는 없는 표현인데, 과연 어떤 상태였을까요. 그는 이때 이미 이토 히로부미에 대한 암살을 달성하고 체포되어 뤼순旅順 형무소에서 처형을 당할 각오를 하고 있는 몸이었습니다. 그렇기 때문에 혹시라도 더 이상 동지들을 끌어들이지 않도록 일부러 모르는 척 어물쩍 넘기려고 했는지도 모를 일입니다. 그렇지만 제가 생각하기에 그것은 아니었을 것입니다. 그는 실제로 자신도 억누르기 어려운 심적 고통과 우울증에 시달리고 있었을 것이라고 저는 생각합니다.

그러던 중, 그에게는 자신도 알지 못하는 사이에 블라디보스토크에 가고 싶다, 그렇게 해야만 한다는 생각이 떠올랐을 테고, 동지들에게 그러한 결심만을 전한 채, 1909년 9월 포시에트 항으로부터 주 1, 2회 왕복하는 증기선을 타고 그곳으로 흘러들어가게 되었습니다. 그리하여 그는 그곳에서 이토 히로부미가 하얼빈에 올 것이라는 소식을 듣게 된 것이죠.

그는 권총을 휴대하고, 몇몇 한국인의 도움을 받으며 하얼빈으로 향했습니다.

10월 26일 아침, 안중근은 양복에 외투를 걸치고 헌팅캡을 쓰고 하얼빈역에 혼자 앉아 있었습니다. 많은 러시아의 장병들이 이토 히로부미 일행을 태운 열차가 도착할 곳의 경비 준비를 하고 있었습니다. 그곳의 찻집에서 차를 두세 잔 마시면서 기다렸다고 그는 말했습니다.

오전 9시, 이토 히로부미 일행을 태운 특별 열차가 승강장에 미끌려져 들어올 때, 사람들로 넘쳐나는 역에서는 군악대의 연주가 시작되고 있었습니다.

그때 그는 격렬한 분노가 치밀어 올랐다고 기록하고 있습니다. 왜 세상은 이렇게 불공정한가! 이웃 나라를 강탈하고 수많은 인명을 살상한 자가 이렇게 희희낙락하고 있고, 약한 자들은 항상 곤궁에 처해 있는가! 이것은 말이 안 된다…….

우울한 안중근. 그에게 남은 것은 켜켜이 쌓인 슬픔이었습니다.

큰 걸음으로 나아간 승강장에는 경호 병사들이 도열해 있었습니다. 그 어깨너머로 머리가 희끗한 백발의 노인이 보였습니다. 그 즉시 권총을 꺼내 발사했습니다. 소년시절부터 사냥에 몰두했던 그 실력은 정확했습니다.

체포될 때 그는 '한국 만세' 그리고 '코레야 우라'라고 러시아어로 세 번 외쳤습니다. 이 동청철도東清鉄道는 러시아가 경영하는 철도였습니다. 그렇기 때문에 주위 사람들에게 호소하기 위해 러시아어를 선택했을지도 모릅니다.

●●●

그가 쓰러졌을 때,
수행원들은 그 모습을 어떤 심정으로 바라보고 있었을까

한편 이토 히로부미는 도대체 왜 그때 머나먼 하얼빈까지 찾아왔던 것일까요? 이미 그는 68세로 당시로서는 상당한 노인이 아닐 수 없었습니다. 게다가 이미 한국 통감에서도 물러난 상황이었습니다.

이는 그 당시에도 누구나 의아하게 생각했던 점이었지만, 그럼에도 불구하고 일본정부는 이후에도 그 이유를 확실히 설명하지 않고 있습니다.

앞서 인용했었던 나쓰메 소세키의 『문門』이라는 작품 속에서도 이 내용을 다룬 구절이 있습니다.

소스케宗助의 처 오요네お米가 암살사건에 대해 묻자, 소스케와 그의 동생인 고로쿠小六가 각자 대답하는 장면입니다.

> 오요네는 호외를 보고, 고로쿠에게도 소스케에게 물었던 것과 마찬가지로 "왜 죽은 거예요?"라고 물어보았다.
>
> "권총을 빵빵 연발한 것이 명중했거든요"라고 고로쿠가 있는 그대로 대답했다.

"그치만 뭐냐, 어째서 죽은 거예요?"

고로쿠는 요점을 모르겠다는 표정을 지었다. 소스케는 침착하게,

"역시 운명일거야"라고 말하며 찻잔의 차를 맛있게 마셨다. 오요네는 여전히 납득이 안 된다는 듯이,

"왜 또 만주 따위에는 간 거예요?"라고 물었다.

"그러게 말이야." 소스케는 배가 불러 만족한 듯이 보였다.

"무언가 러시아에 은밀한 용무가 있었다고 합니다"라고 고로쿠가 진지한 얼굴로 말했다. 오요네는,

"그래? 하지만 싫다, 살해당하는 건……"이라고 말했다.

이러한 오요네의 질문을 받고, 앞서 인용한 대로 남편 소스케는 "나 같은 고시벤腰弁이라면야 죽기 싫지만 서도, 이토 히로부미 같은 사람은 하얼빈에 가서 암살당하는 편이 낫다니까"라고 말장난으로 받아칠 뿐이었습니다.

하지만, 그걸로 끝날 일은 아니었죠.

이때 일본의 수상이었던 가쓰라 다로桂太郎조차도, 도대체 이토 히로부미가 어떠한 목적으로 러시아의 재무대신 코콥초프와 만나려 했는지에 관해서 확실히는 몰랐을 공산이 큽니다. 가쓰라에게 이토 히로부미는 고향 조슈長州의 6년 선배에 해당합니다. 조슈라는 큰 지방 세력 안에서 6살 차이라는 것은 매우 의미가 큽니다. 이토 히로부미와 동지들은 스스로도 사무라이였지만 20대에 막부幕

府의 동란을 극복하고 메이지유신明治維新이라는 근대혁명을 달성한 제1세대에 해당합니다. 메이지유신 이후 그들은 청년에서 노인이 될 때까지 계속 일본이라는 나라의 정치의 핵심을 점하고 있었습니다. 그들에게 있어서 이 국가는 자신들이 지은 집과 같은 것으로, 그들은 이것을 다음 세대에게 순순히 물려주고 역사의 뒤안길로 사라질 작정이 아니었습니다. 따라서 그들은 후계자인 가쓰라 세대들에게 일일이 보고하면서 일처리를 하지 않았던 부분이 있었겠죠. 아무래도 이때도 마찬가지였던 것 같습니다.

그렇지만, 이토 히로부미의 단독 하얼빈 행에 관한 핵심에 가까운 증언을 남긴 관료 출신 정치가가 있었습니다. 고토 신페이後藤新平라는 인물로, 이토보다 16세 연하였지만, 러일전쟁 후에 남만주철도의 초대 총재 역을 맡은 적도 있어서 중국, 러시아에 관해서는 넓은 식견을 갖고 있었습니다. 당시 이토는 아직 초대 한국 통감이었지만, 고토는 이토에게 하루빨리 한국 통감 직을 사임하고 더욱 자유로운 입장에서 유럽을 순방하고 대對 중국을 축으로 하는 '동양평화를 위한 근본 방안'을 협의하자고 직언했다고 합니다. 이 최초의 밀담은 1907년 가을 이토와 남만주철도의 총재인 고토 사이에서 일본 히로시마의 유명한 관광지인 이쓰쿠시마嚴島에서 은밀하게 이루어졌습니다. 나쓰메 소세키의 절친한 친구였던 나카무라 제코中村是公가 고토 신페이에게 발탁되어 2대 남만주철도의 총재직에 취임한 것은 그 다음해의 일이었습니다.

약 2년 후 1909년 여름이 되자, 이 이야기는 상당히 구체화됩니다. 이번에는 이토 히로부미가 체신장관이 된 고토에게

'…… 한국 통감에서 사임했다. 슬슬 유럽을 순방하며 중국 문제를 협의해도 좋을 것 같은데, 어떻게 생각하는가?'라고 의견을 구했습니다.

자신이 편지를 보내 하얼빈으로 초대한다면, 코콥초프가 극동 지역으로 오겠다는 약속이 되어 있다고 고토는 이토에게 말했습니다. 처음에는 반신반의했지만, 고토가 중재를 한 덕분에 하얼빈에서 코콥초프와 이토의 회담이 실현될 수 있었습니다.

한국 통감은 이미 실질적으로 일본이 식민지로 삼은 한국의 최고 권력자의 위치입니다. 그 직위를 버리고 자유롭게 움직이고자 했던 것은 결과적으로 이토는 고토 신페이의 제안을 받아들였다는 것을 의미합니다. 그렇지만 그 때문에 이토는 하얼빈에서 안중근에게 암살당했고, 고토는 이에 엄청난 충격을 받았습니다.

1909년 10월 26일 아침, 안중근에 의해 이토 히로부미가 저격된 현장에 나쓰메 소세키의 절친한 친구인 나카무라 제코中村是公 남만주철도 총재도 함께 있었습니다. 안중근이 브라우닝 7연발 권총으로 발사한 첫 세 발은 이토 히로부미에게 치명상을 입혔습니다. 이어서 발사된 세 발은, 수행하고 있던 나카무라 총재의 몸을 스쳐, 귀족원 의원인 무로타 요시아야室田義文의 외투와 바지를 관통하여 그의 왼손가락에 상처를 입혔으며, 가와카미 도시쓰네川上

俊彦 총영사의 팔과 어깨, 모리 다이지로森泰二郎 궁내대신 비서관의 어깨 및 다나카 세이지로 남만주철도 이사의 발뒤꿈치에 맞는 등, 각각 경상을 입혔습니다. 사냥으로 단련된 안중근은 처음의 세 발로 정확하게 목표를 명중시킨 후, 나머지 탄환을 고의로 급소를 피해 여기저기 난사했습니다.

소세키가 만주에 머물고 있었을 때, 농담을 주고받으며 웃고 떠들며 스키야키すき焼き를 대접해 주었던 다나카 세이지로田中清次郎 남만주철도 이사는 이토 히로부미와 같은 조슈長州의 하기萩● 출신으로, 당시 37세였습니다. 그에게는 권총 사격을 멈춘 예의 남자가 아주 일순 당당한 모습으로 그 곳에서 멈춰서 있는 듯이 보였습니다. 러시아 병사와 경찰들이 달려들자, 이 남자는 손에 들고 있던 권총을 높이 들어, 아직 한 발이 더 총신에 남아 있다는 것을 그들에게 몸짓을 섞어가며 알려 주의를 주었다고 합니다.

● 하기萩 : 야마구치현 북부의 도시로 메이지 유신지사를 다수 배출한 곳으로 유명.

후일 다나카 세이지로는 지금까지 당신이 만났었던 사람들 중에서 누가 가장 위대하다고 생각하는가라는 물음에, 그는 "그것은 안중근이다"라고 망설임 없이 대답했습니다. 그러고는 잠시 생각한 후, "유감스럽게도"라고 첨언하기는 했지만 말입니다.

여간 흥미로운 일이 아닐 수 없습니다.

당시의 일본인 중에는 이렇게 적과 아군 구별을 초월하여 객관적으로 사물을 바라보는 태도를 가진 사람이 아직 존재했었던 것입니다. 이토 히로부미의 수행원이라고 하더라도, 그리고 자신도 역시 부상을 입었음에도 피해자로서의 입장에 치우치지 않았던 것입니다.

마찬가지로 부상을 입은 가와카미 도시쓰네川上俊彦 하얼빈 총영사는 당시 47세였습니다. 그는 도쿄외국어학교에서 러시아어를 배울 당시 도스토옙스키의 『죄와 벌』을 읽고 난 감상문에 '물건을 훔치면 도적이 되고, 국가를 훔치면 왕이 된다'고 쓴 적이 있다고 합니다. 아직 도스토옙스키의 작품의 최초 일본어판이 간행되기 한참 전인 1880년 전후의 이야기입니다.

당시의 도쿄외국어학교의 러시어과의 수업에서는 러시아인 선생이 도스토옙스키라든가 곤차로프Goncharov 혹은 투르게네프Turgenev의 작품 등을 원어로 열정을 다해 낭독하면, 학생들은 그것을 열심히 들었다고 합니다. 그리고 이것이 끝나면 감상문을 작성하는 시간이었습니다. 물론 이것도 러시아어로 써야 합니다. 게다가 작문 그 자체에 관한 비평이 아닌 작중의 등장인물들의 성격에 대한 감상 등이 요구되었는데, 아마도 러시아의 학교에서는 지금도 그렇지 않겠습니까? 즉, 이것은 책을 읽고, 내용을 파악하여 타자에게 전하는 그러한 독서 행위 그 자체에 대한 연습이었겠죠. 그렇기 때문에 가와카미 도시쓰네의 감상문에 대한 선생의 비평도 최고의 칭찬인 '하라쇼'였다고 합니다.

이때 가와카미 도시쓰네가 배웠던 선생님은 안드레이 코렌코라고 여기 페테르부르크 농업대학에서 공부했던 사람이었다고 합니다. '민중 속으로'* 즉 나로드니키 운동에 가담하여 한때는 여기서 가까운 페트로파블롭스크 요새의 감옥에 투옥되기도 했습니다. 1849년생이라고 하니, 이토 히로부미보다 8살 연하가 됩니다. 즉, 러시아의 나로드니키와 일본의 메이지 유신, 이 두 혁명운동은 거의 동시대에 일어난 운동이었던 것입니다. 코렌코 선생은 결국에는 우크라이나에 유배되었는데, 그곳에서 미국으로 탈출했습니다. 그리고 얼마 지난 후 다시 일본으로 건너가 도쿄외국어학교에서 교편을 잡게 되었다고 합니다. 이 시대, 메이지 전반에는 이와 같은 혁명가들이 일본으로 건너와 일본인들에게 러시아어를 가르치고 있었던 것입니다.

* [역주] 민중 속으로 : 브나로드В народ, 러시아 말기의 지식인들이 농촌으로 들어가 민중을 깨우쳐 이상사회를 만들자고 하는 운동을 위해 만든 구호.

'국가를 훔치면 왕이 된다.'

이것은 한국인의 눈으로 보자면 바로 대한제국의 황제를 퇴위시키고 한국 통감으로 군림한 이토 히로부미의 이야기였을 것입니다. 그와 같은 존재에 대해 자신은 어떻게 대응해야만 하는 것일까라는 갈등이 『죄와 벌』에 등장하는 라스콜리니코프라는 테러리스트와 유사한 청년을 탄생시켰던 것입니다. 가와카미 도시쓰네라는 수행원이 그와 같은 생각을 떠올리지 않았을 리가 없습니다.

'왕의 여행'이라, 정말 흥미롭죠?

●●●

살인자, 야쿠자, 승려, 밀항자, 일본어 교사 야마토프

여기서 일단 이곳의 이야기로 화제를 바꿔보려고 합니다.

여러분도 뤼빈 선생님에게서 들었을 것이라고 생각합니다. 여기 상트페테르부르크대학 동양학부 일본학과는 아마도 세계에서 가장 오래된 일본어 교육시설의 전통을 잇고 있을 것입니다. 그래서 그러한 인연이 돌고 돌아 지금 제가 여기에 여러분 앞에서 이야기하고 있다고도 할 수 있겠죠.

에도시대의 일본이라는 나라는 말하자면 쇄국정책을 취하며, 바깥 세계와의 외교관계를 거부하고 있었습니다. 물론 예외도 있었습니다. 네덜란드나 청나라와의 무역은 유지했었고, 조선과도 눈에 띄지 않을 정도의 교역은 있어 왔습니다.

그렇다고는 하더라도 이러한 국가와의 교섭과는 별도로, 표류라고 하는 사태는 언제고 일어나곤 했습니다. 어선이나 상선이 풍랑을 만나 국외로 표류하는 것은 어떻게 막을 도리가 없습니다. 일본이라는 섬나라를 둘러싼 바다 곳곳에는 풍랑이 발생했으며, 매년 그렇게 떠내려간 배의 숫자는 상당했을 것입니다. 대부분은 그대로 가라앉아 죽었을 테지만, 그중에는 어딘가 먼 다른 사회에서 살아남아 고국의 그 누구에게도 알려지지 않고 여생을 보낸 사람들도 있었을 것입니다. 단지 국가에 의한 공식 기록에 남아 있지 않을 뿐입니다.

그렇지만, 우연하게도 이러한 내용이 기록으로 남아 있는 사람도 있습니다.

1702년 모스크바 외국에서 표트르 대제와 만났던 덴베이伝兵衛라는 오사카大阪 출신의 남성도 이런 표류자 중 한 사람이었습니다. 그는 오사카에서부터 에도江戸, 지금의 도쿄로 향하던 도중이었습니다만, 폭풍에 떠내려가 7개월 동안 표류한 끝에 기타치시마北千島 그러니까 쿠릴열도의 섬 중 하나로 흘러들어갔다고 합니다. 캄차카반도로 넘어가 그곳에서 사로잡혀 2년 정도 그곳에서 살던 중, 탐험 중이었던 코사크 수비대장에게 발견되었습니다. 이 통찰력이 뛰어난 수비대장은 덴베이가 주목할 만한 이방인이라고 생각하여 그의 신병을 모스크바로 송환했습니다. 표트르 대제는 덴베이의 현명하고 예의바른 품성을 접하고 나서 극동 지역의 일본이라는 나라에 흥미를 갖게 되었고, 즉시 '일본어 교육을 시작하라'는 칙령을 내렸다고 합니다.

이때 표트르 대제는 30세였습니다. 한참 스웨덴과의 큰 전쟁을 치르는 도중이었음에도 불구하고, 오히려 그렇기 때문이었는지도 모르지만, 고작 미지의 동양인 한 명으로부터 시베리아 저편의 섬나라에 관심을 가졌던 부분을 보아, 이 표트르 대제 1세라는 인간의 에너지를 느낄 수 있습니다. 그는 네덜란드의 조선소에서 근무했던 경험이 있었기 때문에, 분명 그때까지 일본이라는 나라에 대한 소문도 얼마간 접해서 알고 있었겠죠. 그렇기 때문에 일본어 학교를 만들고 러시아의 극동정책에 도움을 주고자 했던 것이라는 감이 딱 옵니다. 대제는 덴베이에게 3년간 정도 러시아어 교육을 받게 한 후, 1705년 그를 일본어 교사로 삼아 여기 페테르부르크에서 하사관 통역관을 양성하기 위한 일본어 학교를 열었던 것입니다. 표트르 1세가 페테르부르크라는 인공도시 건설에 착수한 것이 1703년이므로, 아직 완성되지도 않은 도시에 이 학교를 설립한 것입니다.

이어서 1729년, 캄차카반도에 표류한 소년 곤자와 상인 소자도 그 신병이 페테르부르크로 옮겨졌으며, 그들은 러시아어를 공부하면서 러시아인 제자에게 일본어를 가르쳤다고 합니다. 젊은 곤자는 매우 총명하여 그를 피조사자로 하여 최초의 슬라브어-일본어 사전이 만들어졌습니다. 그때 사용된 일본어의 특징으로부터 그가 일본열도의 최남단, 사쓰마薩摩반도 주변 출신이었다는 것을 추정할 수 있다고 합니다.

앞서서 이 교실에 오기 전에 저는 가까운 곳에 있는 쿤스트카메라Kunstkamera에 들렀었습니다. 지금 정식명칭은 인류학・민속사 박물관이라고 하더군요. 밀납으로 만들어진 곤자와 소자의 두상이 그곳에 보관되어 있다고 들었기 때문에 그것을 보고 싶어서 찾아갔었습니다. 미리 연락해 두었더니 소코로프 씨라는 동아시아 부문의 전문연구원이 두 개의 두상을 준비해서 가져와 주었습니다. 사진으로 본 적이 있는데, 조금은 기분 나쁠 정도로 생생하게 잘 만들어진 표본이었습니다. 그렇지만 소코로프 씨는 한쪽 눈을 찡그리며 안타깝다는 듯이 영어로 이렇게 말했습니다.

"실은 이 두상은 곤자와 소자의 것이 아닙니다"라고. 그 이유는 다음과 같습니다.

"…… 쿤스트카메라에는 1747년 큰 화재가 한 번 있었습니다. 그때 민속사 자료의 수집품의 대부분이 소실되어버렸습니다. 아마도 곤자와 소자 그리고 그 이전의 덴베이에 관한 것들도 모두."

그래서 곤자와 소자의 것이라고 생각되어 왔던 이 두 개의 두상은 실제로 1880년경 러시아의 인류학자가 다양한 민족의 두상표본을 만들게 했던 시기의 것이라는 것입니다. 현재의 쿤스트카메라의 견해로는 '곤자상'이라고 불리는 것은 중국의 한민족이며, '소자상' 쪽은 아무르 지방의 북방 소수민족의 표본일 것이라는 추측을 하고 있다고 합니다. 듣고 보니 그렇게도 보입니다. 분명이 시기 시베리아 방면에 유배된 젊은 지식인들에 의해 이와 같은 지역을 필드로 한 인류학이나 고고학이 매우 발전했었지요.

'쿤스트카메라'라는 말을 러일사전에서 찾아보면, 당초 표트르 대제가 이 시설을 만들 때의 목적 그대로 '진귀한 것의 진열소'라는 의미가 나옵니다. 다양한 그로테스크한 전시물이 많아 넌더리가 날 정도였는데, 신장이 2미터나 될 것 같은 표트르 대제의 남자 보디가드가 그대로 골격표본으로 만들어져 있는 것을 보고 참지 못하고 웃어버리고 말았습니다. 이 남성은 자신의 수명을 다하고 나서 이렇게 표본으로 만들어진 것일까요? 세계의 전부를 알고 싶다는 욕망을 구체화시키다 보면 분명 이런 형태가 되어 버리는 것은 아닐까요?

이랬던 시기를 지나, 이 페테르부르크대학에서 일본어 수업이 실시된 것이 1870년이었습니다. 일본으로 보자면 메이지明治 3년인데, 막부 말기에 일본의 시모다下田에서 러시아로 밀항했던 다치바나 고사이橘耕斎라는 인물이 교사가 된 것도 같은 해였습니다. 그는 원래 사무라이였지만, 한때 살인을 저지르고 나서, 불량배가 되거나 불교의 승려가 되기도 하면서 몸을 숨기고 있었습니다. 그가 시모다와 가까운 헤다戸田 촌의 한 절에 있을 때, 마침 러일친선조약을 위해 시모다에 와 있던 푸차틴Putyatin 일행이 대지진과 쓰나미로 배를 잃게 됩니다. 푸차틴 일행은 헤다 촌에서 배를 재건하게 되었는데 그때 자신도 러시아에 데려다 달라고 교섭을 했다고 합니다. 그렇게 해서 그는 막부 말기에 일본에서 러시아로 탈출할 수 있었습니다.

이윽고 1873년(메이지明治 6년)이 되자 일본정부의 수뇌들로 구성된 대사절단 일행이 페테르부르크에 방문한 적이 있었는데, 일본에서는 이 일행을 리더 격 인물의 이름을 따서 '이와쿠라岩倉 사절단'이라고 불렀습니다. 그들은 2년 가깝게 미국과 유럽의 각국을

공부하면서 돌아보았습니다. 그러니까, 일본이라는 나라를 이제부터 어떻게 만들어가야만 할 것인가에 대한 답을 찾기 위한 시찰이었죠. 이 일행을 페테르부르크에서 맞이하여 다치바나 고사이는 드러나지 않게 뒤에서 정성을 다해 움직였습니다. 사절단 일행은 다치바나와 같은 사람이 있다는 것은 예전부터 소문으로 듣고 있었습니다. 막부 말기에 유럽파견사절의 일원으로 참여했던 후쿠자와 유키치福沢諭吉가 페테르부르크에 왔을 때에도 마찬가지로 그에 관한 소문을 들었습니다. 그리고 소문뿐만 아니라 실제로 그에게서 여러 가지 신세를 졌다고 합니다. 다만, 다치바나 고사이는 그들 앞에 나타나지 않았습니다. 아직 그는 일본 측 사람에게 잡혀 처벌을 받을지도 모른다고 두려워하고 있었겠죠. 당시 그는 '야마토프'라는 러시아 풍의 이름을 사용하고 있었습니다. '야마토ヤマト=大和'의 '프フ=夫' 즉, 일본 남자라는 의미의 한자를 사용할 의도였는지도 모르겠습니다. 그렇지만 이와쿠라 사절단이 페테르부르크를 방문했던 것을 계기로 그는 일본에 18년 만에 돌아가게 되었습니다.

이렇게 페테르부르크를 방문했던 이와쿠라 사절단 일행 중에는 아직 30을 막 넘긴 젊은 이토 히로부미도 함께하고 있었습니다. 사실 동행이라기보다 4명의 부사副使 중 한 명으로 그는 실질적인 제2인자였습니다. 그중에서 이토 히로부미만이 이미 영국 유학과 미국 출장을 경험한 적이 있었습니다. 그렇기 때문에 분하지만 연장자들도 그의 영어회화 실력과 지식에 의존할 수밖에 없었습니다. 이토 히로부미는 영민하고 공부에 열심인 사람이었으나, 영어 연설을 할 수 있다는 점에 우쭐하기도 해서, 까다로운 선배들로부터 경박한 젊은이라고 약간은 질투어린 시선을 받기도 했습니다.

다치바나의 후임으로 여기 대학에서 일본어를 가르쳤던 것은 니시 도쿠지로西德二郎였으며, 그리고 이어서 안도 겐스케安藤謙介가 그 뒤를 이었습니다.

둘 다 페테르부르크의 일본공사관에서 근무했던 외교관이었습니다.

그 뒤에 이곳의 일본어 교사가 된 것이 구로노 요시부미黑野義文였습니다만, 그는 메이지 초기에 신설된 도쿄외국어학교 러시아과의 제1기 졸업생입니다.

안도 겐스케安藤謙介도 마찬가지였지만, 구로노 요시부미黑野義文도 도쿄외국어학교東京外国語学校가 개설되기 전에는 정교의 선교사 니콜라이가 도쿄의 스루가다이駿河台에 만든 러시아어학교에서 공부했습니다.

구로노는 블라디보스토크로 건너와 시베리아를 반 년 동안 혼자 걸어 횡단한 끝에 페테르부르크까지 왔다고 합니다. 약 9천 킬로미터에 이르는 유라시아 대륙을 도보로 횡단했다는 거죠. 그러고 나서 그는 1888년부터 1916년까지 약 30년이나 이 학교에서 일본어를 가르쳤습니다.

상트페테르부르크의 에리세프 상회는 문을 닫았다

어제 저는 하루 종일 이 상트페테르부르크의 거리를 돌아다녔습니다.

아침 일찍 약 200년 전의 이맘 때 데카브리스트Dekabrist[*]가 집결했다고 하는 광장을 가로질러 에르미타주Ermitazh에 갔습니다. 푸시킨Pushkin이 결투 전에 들렀다는 찻집에서 점심으로 보르시치[**]를 먹었습니다. 네프스키 대로를 걸어 에리세프 상회의 멋진 건물을 바라보았습니다만, 휴업 중인 듯 했습니다. 그 가게는 도스토옙스키의 소설 등에도 샴페인이라든가 벌꿀주라든가 고급 식료품이 진열된 가게로 자주 등장했었죠, 시인 안나 아흐마토바Anna Akhmatova가 살던 분수가 있던 아파트는 여기에서 약간 뒤쪽에 위치한 운하를 따라서 찾아볼 수 있었습니다.

이 거리에서 저는 완전히 시골 쥐였습니다. 낡아빠진 표현입니다만, 시골에서 도시구경을 위해 올라온 관광객이라는 의미가 되겠습니다. 창피하다고 생각하면서도 여기저기 돌아보지 않고는 견딜 수가 없었습니다. 상트페테르부르크에 오다니, 이것은 제 일생에 처음이자 마지막 기회가 될지도 모르니까요.

* 【역주】 데카브리스트Dekabrist : 1825년 12월, 러시아 제정帝政 타도를 목적으로 반란을 일으킨 청년 장교 및 그 일파를 가리키는 말로 12월당 혹은 12월 당원이라고도 한다.

** 【역주】 보르시치 : 고기 및 야채를 함께 넣고 비트와 사워크림을 곁들여 만드는 러시아식 스튜.

에프스키 대로의 에리세프 상회의 차남인 세르게이 에리세프는 일본에 유학하여 도쿄제국대학에서 일본문학을 공부하면서, 나쓰메 소세키夏目漱石의 집에도 드나들었습니다. 즉, 그는 누구보다도 일찍 일본 대학으로 유학을 온 유학생이었습니다. 그리고 소세키의 일종의 제자와 같은 존재였다고 할 수 있겠습니다. 소세키도 얼마 전까지 그 대학의 교수였었습니다만, 그렇게 살아가는 것에 회의를 느꼈고 또 가족을 부양하기 위해서는 더욱 많은 돈이 필요했기 때문에 대학교수를 그만두고 『아사히신문』의 사원이 되기로 결정하게 됩니다.

에리세프가 소세키의 집에 처음 방문한 것은 아마도 1909년 6월 하순. 안중근이 하얼빈에서 이토 히로부미를 저격하기 약 4개월 전일 것입니다.

소세키는 에리세프가 맘에 들었던 듯합니다. 심지어는 자신이 책임자가 되어 시작한 『아사히신문』의 문예란의 동시대 러시아문학을 소개하는 기사를 그에게 담당하게도 했습니다. 아직 스무 살의 학생이었지만 에리세프는 언어학습에 뛰어났으며, 또한 그에게 있어서 기사 집필은 일본어를 연습하는 데에 있어서 절호의 기회가 아닐 수 없었겠죠. 그는 가부키歌舞伎를 좋아했으며 또 라쿠고落語 공연장을 빈번하게 드나들었다고 합니다. 이와 같은 서민풍의 취향이 소세키와도 통하는 부분이 있었다고 생각합니다. 게다가 에리세프 상회의 아들이었기에, 유학생활 중에도 경제적 부족함 없이 지낼 수 있었습니다.

그의 고향 페테르부르크에서는 이미 1905년에 의회정치 혁명이 일어났습니다. 유복한 계급의 일원이었음에도 에리세프는 이러한 모국의 변화에 대체로 긍정적이었습니다. 에리세프는 고국이 황제의 통치를 받는 전제국가인 것이 좋다고는 생각지 않았습니다. 오히려 유복한 부르주아의 자제로서의 부채의식도 있었기 때문에 지식층 젊은이다운 급진적인 사상과도 유사한 생각을 품고 있었다고 합니다. 그렇지만, 일본에서 유학생활을 보내면서 당시 그의 관심은 고국의 정치 상황보다도 눈앞의 일본이라는 나라를 향하고 있었습니다. 소세키도 역시 정치 이야기보다도 매일 목욕탕을 다니는 즐거움에 빠져 있는 도회 기질 비슷한 것을 갖고 있었기 때문에, 이러한 점도 에리세프와 죽이 맞았을 테지요.

도쿄에서의 유학생활을 끝내고 에리세프가 고국에 돌아갈 때에는 제1차 세계대전이 시작되어 이 거리는 '페트로그라드Petrograd'로 이름이 바뀌어 있었습니다. 즉, 이제 독일은 적국이기 때문에 '페테르부르크'라는 독일어풍의 명칭이 싫었기 때문이었겠죠? 이 대학도 그때에는 '페트로그라드대학'이었죠.

에리세프는 그때부터 이 대학의 일본어과에서 현대일본어와 일본문학을 가르쳤습니다. 그와 교대하는 식으로 퇴임한 구로노 요시부미는 아무래도 20년간이나 타국에서 일본어를 가르쳐 오다보니, 교수법도 일본어도 완전히 구시대의 것이 되어 버렸습니다. 구로노로부터 배운 일본어가 일본에서 통하지 않았다는 이야기도 있었다고 합니다. 다시 말하면 그가 러시아에서 가르쳐 왔던 일본어는 에도시대의 자취를 담고 있는 낡아버린 말이었습니다. 구로노는 1917년 러시아에서 사회주의 혁명이 일어난 해에 이곳 페트로그라드에서 눈을 감았습니다. 에리세프는 이런 구로노 대신 다이쇼大正 시대의 일본을 잘 알고 있는 새로운 강사로서 동시대의 일본어와 문학을 가르치기 시작했습니다. 일본문학 텍스트로는 나쓰메 소세키夏目漱石의 『문門』을 사용했다고 합니다.

다만 그로부터 20년 정도 지나, 에리세프가 미국의 하버드대학에서 가르치게 되었을 때, 후배 일본연구자, 에드윈 라이샤워Edwin Reischauer는 그의 일본어뿐만 아니라 교수법도 이미 시대에 뒤떨어진 것이라고 경시하기도 했습니다. 그도 그럴 것이 언제까지고 새로움을 유지할 수는 없는 노릇이니까요.

아니 어찌 보면 특정 사회제도로부터 뛰쳐나온 난민이나 표류민, 망명자의 언어만이 다른 사회에 신선함이나 새로움을 줄 수 있는지도 모를 일입니다.

『그 후それから』에 등장하는 고토쿠 슈스이幸德秋水

한편, 1909년 6월 말 무렵부터 나쓰메 소세키는 『아사히신문』에 『그 후』의 연재를 시작합니다. 이때는 마침 에리세프가 처음으로 소세키와 만났다고 생각되는 시기입니다.

이 작품은 『문』 이전의 이야기를 다룬 연애소설입니다. 주인공은 친구의 부인이 된 여성에게 사랑을 품는데, 정확히 말하면 결혼하기 전부터 사랑에 빠져 있었지만, 그 후에도 그녀를 포기하지 못합니다. 결국 그들은 결심하게 되고, 부인은 시댁을 나가게 됩니다. 그리고 그 뒤의 삶을 그린 작품이 『문門』입니다. 그렇기 때문에 『그 후それから』의 주인공 남녀에게는 아직 모든 것이 이제부터 시작인 사람들다운 무언가 밝은 분위기가 엿보입니다.

9월 중반 『아사히신문』에 연재 중인 『그 후』 78회에는 동시대의 실존 인물이자 급진적인 사회운동가인 고토쿠 슈스이幸德秋水의 동정이 갑자기 언급되는 장면이 있습니다. 주인공인 다이스케代助가, 기자로서 근무하기 시작한 옛 친구 히라오카平岡를 신문사로 찾아가는 장면입니다. 이 히라오카가 바로 다이스케가 마음을 품은 여성인 미치요三千代의 남편입니다.

이어서 히라오카平岡는 고토쿠 슈스이幸德秋水라고 하는 사회주의자를 정부가 얼마나 두려워하고 있는가에 관해 이야기했다.

고토쿠 슈스이는 당시 38세로 소세키보다 4살 아래가 됩니다. 고토쿠는 고명한 저널리스트이기도 했습니다. 러일전쟁 전야에 전쟁반대를 주창하며, 사회주의・인도주의 동지들을 폭넓게 모아 『평민신문平民新聞』을 간행하여 일본 여론 흐름에 항거, 전쟁 중에도 그 주장을 관철했습니다. 결국 옥중에서 크로포트킨Kropotkin의 저작을 접하고 나서 무정부주의적 자세를 굳히게 되었는데, 맹렬한 언론탄압하에서 집필 및 출판 수단도 빼앗긴 상태로 지내고 있는 당시 그의 모습이 이 작품에 언급되어 있는 것입니다.

고토쿠 슈스이幸德秋水의 집을 앞뒤로 경찰 두세 명이 둘러싸고 밤낮으로 지키고 있는데, 한때는 텐트를 치고 그 안에서 감시하기도 했다. 슈스이가 외출이라도 하면 경찰이 뒤를 밟는다. 만일 놓치기라도 할라치면 긴급사태가 된다. 지금 혼고本郷에 나타났다, 지금 간다神田에 왔다 등등, 이곳저곳으로 전화를 걸어대는 바람에 도쿄 시내에 한바탕 소동이 벌어진다. 신주쿠 경찰서에는 슈스이 한 사람 때문에 매월 100엔•이나 쓰고 있다.

•【역주】 당시의 100엔은 현재의 화폐가치로 약 92,380엔, 약 85만 원(2015년 7월 기준). 698.4(2006년 지수) ÷ 0.756(1916년 지수) = 923.8배.(『과거의 화폐가치 조사(메이지明治 이후)』, 일본국립국회도서관, 2014)

이 구절은 『아사히신문』의 기자이며 고토쿠의 친구, 일찍이 『평민신문平民新

聞』의 기고자이기도 했던 스기무라 소진칸杉村楚人冠이라는 인물이 그해 5월 말 혹은 6월 초 무렵, 고토쿠 슈스이의 집을 방문했을 때의 이야기를 소재로 한 것입니다. 즉, 스기무라는 그때의 탐방을 기초로 해서 「고토 슈스이 전격 인터뷰」라는 기사를 같은 해 6월 상순의 『아사히신문』 지상에 상・하 2회에 걸쳐 싣고 있는데, 동료인 소세키가 그 기사를 『그 후それから』의 소재로 채택하여 위처럼 쓴 것입니다.

고토쿠는 당장이라도 테러를 꾸밀 것 같은 인물로 취급되어, 이처럼 삼엄한 경비 속에서 지속적인 감시를 받고 있었습니다. 이것이 안중근이 이토 히로부미를 저격하기 수개월 전 일본 도쿄의 상황이었습니다. 물론 같은 시기 에리세프는 도쿄에서 소세키의 집을 방문하거나 가부키 등 대중예능 극장을 빈번하게 드나들면서 지냈지만 말입니다.

구체적인 정황을 알아보도록 합시다. 이 시기 고토쿠 슈스이는 도쿄의 센다가야千駄ヶ谷, 그러니까 지금의 신주쿠역新宿駅 남쪽 출구의 선로의 서쪽을 따라 요요기역代々木駅 방면으로 한동안 걷다보면 나타나는 '평민사平民社'라는 간판을 건 임차건물에서 당시의 배우자였던 간노 스가코管野須賀子와 함께 살고 있었습니다. 하녀 한 명을 두고 있었는데 친척이었기 때문에 임금은 거의 지불하고 있지 않았을 테지만, 사실 지불할 능력도 없었습니다. '평민사'라고 하는 것은 원래부터 동지들과 함께 만든 『평민신문平民新聞』의 발행처입니다. 그렇지만 그로부터 5년 반이 지난 이때에는, 거듭되는 발매금지 처분이나 벌금, 동지들의 체포와 투옥 등으로 인해 오래 전에 『평민신문』은 발행할 수 없는 상황이 되었습니다. 때문에 명목만이라도 지키고자 하는 형태로 고토쿠는 도쿄에서 집을 마련할 때마다 이 '평민사'의 간판을 걸어두었습니다. 그러니까 '평민사'라고 하는 간판이 있지만, 지금은 그저 고토쿠의 자택을 가리키는 것에 불과했던 것입니다.

그리고 고토쿠가 이렇게까지 고립된 것에는 한 가지 이유가 더 있습니다. 그것은 배우자 간노 스가코와의 남녀관계를 둘러싼 스캔들 때문이었습니다. 간노는 고토쿠보다 10살 연하로, 이제 만 스무 살이 되었습니다. 그런 그녀에게는 원래부터 아라하타 간손荒畑寒村이라는 남편이 있었는데, 그 역시 급진적인 사회주의운동가였습니다. 이 아라하타는 간노보다도 6살 연하였습니다.

하지만 이때 아라하타는 지난해인 1908년에 일어난 '적기사건赤旗事件'이라는 사회주의자에 대한 대량 체포 사건으로 인해 형무소에 투옥 중이었습니다. 간노도 그때 함께 체포되었으나, 재판에서 무죄판결을 받고 석방되었습니다. 한편 고토쿠는 '적기사건' 때에, 도쿄를 벗어나 있었기 때문에 체포당하는 것을 면할 수 있었습니다.

그는 이때 결핵에 걸려 몸 상태가 좋지 않았습니다. 그래서 요양을 위해 간노 스가코가 아니라 당시의 부인과 함께 고향인 도사土佐에 들어박혀, 크로포트킨의 『빵의 정복*La Conquêtedu pain*』을 일본어로 번역하는 일에 전념하고 있었습니다. 그런데 때마침 이때 '적기사건'이 일어났기 때문에 우연히도 그는 체포당하지 않을 수 있었습니다. 그렇지만 이미 형무소에 수감된 자들을 제외한 대부분의 동지들은 이 사건에 휘말려 체포당하고 말았습니다.

그런데 운명이라는 것은 정말 아이러니한 것이 아닐 수 없습니다. 이 뒤에 '대역사건大逆事件'이라는 더욱 무시무시한 사회주의자, 무정부주의자에 대한 대규모 박해사건이 일어났는데, 이때에 목숨을 부지할 수 있었던 사람은 이미 체포되어 형무소에 수감되었던 사람뿐이었습니다. 형무소 밖, 사회에 있었던 많은 사람들이 체포되어 처형을 당했습니다. 이때 형무소야말로 노아의 방주였던 것입니다. 그렇지만 어떤 것이 방주가 될지 그 누구도 예측할 수 있을 리 만무합니다.

다시 시간을 되돌려 보겠습니다.

간노 스가코와 아라하타 간손의 부부관계는 당시 흔히 말하던 '자유연애'였습니다. 즉, 혼인신고를 하지 않은 관계였습니다. 그래서 기록상으로는 둘의 결혼에 관한 정보를 찾는 것은 어려운 일입니다. 다만, 둘의 관계는 '적기사건赤旗事件'보다도 이전에 사실상 끝이 났었다고 합니다. 이는 당사자들의 기억과도 일치하는 점입니다.

둘의 결혼 '공표'로부터 '적기사건'까지는 고작 1년 6개월 사이의 일로, 게다가 그들의 행적을 더듬어 보자면, 그 사이 둘이 함께 살았던 시기는 서로 떨어져 있던 시기보다 훨씬 짧았던 것으로 보입니다. 아라하타는 아직 어렸고, 충분한 수입이 없는 채로 그를 둘러싼 사회운동이나 동지들과의 만남 등으로 바빴습니다. 한편 간노는 병약한 몸이었음에도 신문의 여성기자라는 당시에는 희귀한 직업을 갖고 있었습니다. 그리고 병을 앓고 있는 여동생을 돌보고 있었습니다. 이 여동생은 얼마 있지 않아 죽게 되지만 말입니다.

사회운동가로서 아라하타 간손은 매우 급진적인 젊은이였습니다. 하지만 일반적 관점에서 보면 간노와 아라하타 사이에는 6살의 나이차만큼, 큰 기량의 차이가 존재했었던 것 같습니다. 실제로 둘은 결혼 전부터 아라하타가 간노를 '누나'라고 불렀고, 간노가 아라하타를 "가쓰보かつ坊(애송이 가쓰)"라고 부르는 관계였습니다. 이 호칭은 간손의 본명인 가쓰조勝三로부터 유래한 것입니다.

둘이 기슈紀州의 『무로신보牟婁新報』에서 기자로서 서로 알게 되었을 때, 간노는 만 24세, 아라하타는 만 18세였습니다. 이때부터 둘의 관계는 변하지 않은 채로 계속 이어졌다고 생각됩니다. 즉, 결혼 후에도 거의 누나와 동생과 같은 관계였는지도 모릅니다만, 이런 관계는 여간해서는 쉽게 변하지 않는 것이니까요.

간노 스가코는 '적기사건'이 일어나기 전에 둘의 결혼은 이미 끝이 나 있었다고 말했습니다.

1908년 6월에 있었던 '적기사건'은, 형기를 끝내고 석방되었던 동지들의 환영회 후에 일어났습니다. 아라하타나 그의 형님뻘에 해당하는 오스기 사카에大杉栄 등, 급진파 젊은이들이 환영회의 분위기를 띄우고자 붉은 깃발赤旗, 아카하타을 든 채로 도쿄·간다神田 거리를 나서려고 하던 차에 이들을 감시하고 있던 경찰이 한꺼번에 달려들어 검거해버린 것입니다. 간노는 그 현장에는 함께하고 있지 않았습니다만, 아라하타 일행이 체포되었다는 소식을 듣고 그를 면회하기 위해 경찰서를 찾아갔을 때, 그녀도 경찰에 의해 체포되고 맙니다. 이후 재판에서 그녀는 무죄가 선고되어 방면되었습니다만, 아라하타는 징역 1년 6개월과 벌금이라는 판결을 받고 지바千葉 형무소에 수감되었습니다.

당시 이렇게 형이 확정되면, 오직 친족만이 수감자와의 면회나 서신 왕래가 가능하게 됩니다. 간노는 아라하타가 가엽다고 생각됐는지 그 후에도 계속 옥바라지를 했습니다. 형무소의 신분 난에 아라하타가 간노를 '내연녀'라고 기록했기 때문에 그것이 가능했었던 것입니다. 그리고 간노도 그것을 받아들였던 것이겠죠.

그런데 여기에 애매한 문제가 생기게 됩니다. 왜냐하면 사람이라면 누구나 이러한 상황에 처하게 되면 자신에게 유리한 대로 상황을 해석해버리기 때문입니다. 아라하타의 경우, 이처럼 간노가 옥바라지를 해 주었기 때문에 후일 자서전에 둘의 관계를 "이 사건이 있고 나서 재결합했다"고 언급했습니다.

즉, 체포당하기 전에 두 사람은 별거를 하고 있었다고는 하지만, 투옥 후에는 그녀가 '부인'으로서 계속해서 도움을 주었고, 아라하타는 이것을 부부관계의 회복으로 받아들였던 것입니다. 어찌 되었든 간에 젊은 그는 그녀를 의지하여 옥중생활을 견뎌냈기 때문에 당연히 그의 이러한 생각 자체를 탓할 수는 없습니다.

한편 간노의 행동이 정확히 이치에 들어맞았는가 하면, 그녀는 그녀대로 그렇다고 단언할 수도 없습니다.

지바千葉 형무소에는 아카하다사건으로 체포된 동지, 연장자인 사카이 도시히코堺利彦를 필두로 오스기 사카에大杉栄나 아라하타를 포함하여 전부 9명이 수감되어 있었습니다. 그리고 형무소 밖에 있는 고토쿠와 간노 사이가 남녀관계로 발전했다는 소식은 면회자를 통해 이미 사카이堺나 오스기大杉의 귀에 들어갔다고 합니다. 그렇지만 그들은 이 이야기가 젊은 아라하타에게 얼마나 큰 충격이 될 것인지를 고려해서 걱정을 하면서도 알려주지 않았던 것 같습니다.

그렇지만 이는 동지들 사이에서도 고참이며 핵심인물들 사이에만 한정된 이야기였습니다. 형무소 밖에서 그들을 응원하고 있는 젊은 동지들 중에는 아직 아라하타와 간노가 부부라고 믿고 있었던 자들이 대부분이었습니다. 그렇기 때문에 그들이 간노와 고토쿠 사이의 염문을 알게 되자, 이를 옥중의 아라하타에 대한 배신으로 봤던 것도 무리는 아닙니다. 하지만 남녀 사이의 염문이라는 것 자체가 원래부터가 이성으로 해결된 문제가 아니기 때문에, 그렇게 본다고 해서 달라질 것은 없지만 말입니다.

그렇지만 이미 이렇게 된 이상 때는 늦어버렸습니다. 고토쿠와 간노의 주위로부터 젊은 동지들은 분노하며 차례차례 멀어져갔습니다. 때문에 이제 와서 '평민사平民社'에 남아 있는 것은 거의 둘뿐이었습니다. 덤으로 그들에게는 매서운 출판탄압과 경찰과 형사에 의한 지속적인 감시가 더해질 뿐이었습니다. 이를 계기로, 이때다 싶어 사회주의운동에서 손을 떼는 자들도 있었을 것입니다. 그럼에도 불구하고 이런 현장에 『아사히신문』의 기자였던 스기무라 소진칸杉村楚人冠은 고토쿠의 옛 친구인 것도 숨기지 않고 그를 만나러 찾아갔던 것이니만큼, 어지간히 두둑한 배짱과 깊은 우정의 소유자가 아닐 수 없습니다.

앞서서 말했던 스기무라 소진칸의 「고토 슈스이 전격 인터뷰」라는 기사에서 그는 다음과 같이 쓰고 있습니다. 음…… 그러니까 조금은 이해하기 어려운 부분이 있을지도 모르겠습니다만, 읽어보도록 하겠습니다.

9명의 동지가 모조리 투옥되어, 고립무원의 외로운 처지가 된 무정부주의자들의 보스인 고토쿠 슈스이 군에 대하여 알아보기 위해 평민사平民社를 방문했다. 센다가야千駄ヶ谷 903번지라고만 알고 있었기에, 미로처럼 뒤얽힌 거리를 헤매고 다닌 끝에 간신히 그 집을 찾을 수 있었다. 다행히 집에 있기는 있었지만 보스는 객실 한가운데에 자리를 잡고 잠을 자고 있었다. 또 예의 병이 악화되었는지 묻자, 그게 아니라 요

> 근래에 이틀간 철야로 『자유사상自由思想』의 원고를 쓰고 있었기 때문에 방금 막 단잠에 들었던 참이라고 말했다. 철야를 하면서까지 써 내봐야 그대로 발매금지 처분을 당해버린다고 하니 너무나도 안타깝기 그지없다. 여전히 베갯머리에는 약병이 늘어서 있다. 그렇지만 병은 상당부분 안정되어 지금은 특별히 아픈 것은 아니라고 한다. 약은 기슈紀州 신구新宮의 동지, 오이시 로쿠테大石禄亭 군으로부터 받아 복용하고 있다고 한다. 아무리 오이시가 공산주의자라고 하더라도, 이것 참 멀리 있는 의사에게 진찰을 받고 있구나 싶다. 센다가야로부터 신구까지 짧게 잡아도 거리가 2,000리里(약, 785km)나 된다.

『자유사상』이라는 것은 이 시기, 고토쿠가 간노와 함께 발행하고자 했던 잡지입니다만, 고작 네 페이지의 타블로이드판에 지나지 않았습니다. 이것을 통해서도 당시의 출판 탄압의 삼엄함을 엿볼 수 있습니다. 그럼에도 불구하고 이 얼마 안 되는 부수의 출판물에 고토쿠는 당시 자신이 가능한 모든 것을 쏟아 붓고자 했던 것입니다.

지금까지 자신들이 발행해 온 신문, 출판물이 거듭 발행금지 및 폐간을 당해서 자금도 곤궁해졌기 때문에, 그는 적어도 이것만이라도 월 2회 정도의 페이스로 출판할 수는 없을까라고 생각했지만, 이것조차도 완성되자마자 발매금지 처분을 당하고 말았습니다. 이런 상황 속에서 친구인 신문기자 스기무라 소진칸이 찾아왔던 것입니다.

또한 여기에 등장하는 오이시 로쿠테는 본명이 오이시 세노스케大石誠之助. 북미로 건너가 현지에서 일하면서 의사가 되었으며, 결국에는 고향인 기슈紀州의 신구新宮라는 작은 마을로 돌아와 의원을 열었던 인물입니다. 그에 관해서는 나중에 다시 이야기를 할 예정이니 기억해 주세요.

고토쿠가 간노와 살고 있는 이 센다가야의 '평민사平民社'는 작고 아담한 1층의 목조 주택입니다. 그렇지만 이 기사 중에 간노의 모습은 등장하지 않습니다. 외출 중이었을지도 모릅니다. 그렇지만 기자인 스기무라가 일부러 그녀에 관해서 다루지 않았을지도 모릅니다. 하지만 이 이야기는 이후에 차차 하도록 하겠습니다.

> ······ 나의 얼굴을 보자마자 슈스이 군은 지체 없이 일어나 나를 현관까지 데려갔다. '이봐, 잠깐 저걸 좀 보라고.' 가리키는 곳을 보니, 도로 건너편의 밭 중간에 텐트가 세워져 있고, 홍백의 줄무늬 장막이 드리워져 있었다. 저것은 경찰 대기소로, 그곳에서 슈스이 군의 일거수일투족뿐만 아니라, 모든 내방자를 빈틈없이 감시하고 있는 것이었다. 잘은 모르겠지만 처음 무렵에는 노천에서 감시를 했었는데, 한밤중이나 비가 올 때 곤란했는지 요즘에는 저런 천막이 생겼다고 했다. 밤낮 없이 경찰 네 명이 달라붙어 집을 감시하는데, 두 명은 천막에서 나머지 두 명은 집 뒤편의 들판 가운데에 멍석을 깔고 감시를 한다는 것이다. 경찰 일손이 부족한 이때에 고토쿠 슈스이를 위해 경찰을 네 명이나 배치

하다니 여간 호사스러운 대우가 아닐 수 없다. 그렇지만 치안은 좋아졌지 않았냐고 말하자, 슈스이 군은 껄껄거리며 웃고는, 아니 치안이 좋아진 것이 하나도 없으니 요상할 노릇이라고 했다. 4~5일 전에도 우유를 한 병 도둑맞은 데다, 그 전에도 우리 하녀가 밤늦게 심부름을 하는 도중에 경찰을 자칭하는 수상한 자가 따라와서는 망측한 이야기를 한 적이 있었다는 것이다.

경찰관들이 이 집 앞에 텐트를 치고는 이곳에 드나드는 사람들을 감시하고 있었던 것입니다.

덴노가 궁으로부터 외출이라도 하는 날에는, 이 거리의 사회주의자로 여겨지는 인물이란 인물에게는 모조리 한두 명의 경찰이 붙어 감시했다.

"덴노에 위해를 가할 위험이 있다고 생각하는 것이겠지만, 누가 그런 바보 같은 짓을 한단 말이야."

라고 말하며 고토쿠는 웃었다.

…… 소세키는 이 기사를 자신의 연재중인 소설 『그 후それから』의 소재로 사용했던 것입니다.

이렇게 보면 역시 스기무라 소진칸은 기사에 간노 스가코라는 여성의 흔적을 일부러 남기지 않았다고 생각됩니다. 스기무라와 간노는 고토쿠가 소개하지 않아도 이 일이 있기 적어도 3년 전에 기자로서 서로 알고 있는 사이였습니다. 그럼에도 불구하고 신문의 소재로서 관심을 끌기 쉬운 그녀에 관한 화제를 전혀 다루지 않은 것에서 오히려 스기무라라고 하는 기자의 의지를 느낄 수 있습니다. 역시 그녀와 고토쿠를 계속해서 스캔들과 연루된 것으로 보는 시선으로부터 다소나마 옹호하고 싶은 의식의 발로가 아니겠습니까?

즉, 이 기사를 통해 스기무라가 독자의 주의를 끌고자 했던 것은 사회주의자의 출판활동에 대한 탄압이라는 문제였지, 남녀 간의 가십이 아니었던 것입니다.

그리고 스기무라가 기사 속에서, 고토쿠와 동석하고 있었을 간노 스가코에 대해 일부러 언급하지 않았다고 한다면, 여기에는 한 가지 더 생각해 볼 만한 이유가 있습니다. 그것은 만일 여기에 간노가 함께 있었다고 한다면, 그때 그녀는 과연 어떤 말을 했을까라는 의문으로 귀결됩니다. 즉, 그녀에게 있어서 기자인 스기무라는 옛 친구로, 게다가 그는 『평민신문平民新聞』에 함께 기고해 온, 어떤 의미에서 보면 동지입니다. 그리고 스기무라는 이 사실을 외부에 숨기지 않았습니다.

간노 스가코는 메이지기에 여성으로서는 매우 드물게 자신의 생각을 숨기지 않고 명확하게 말할 수 있는 사람이었습니다. 그렇다기보다는 오히려 너무 과격했다고 하는 편이 적당할 지경이었습니다. 그렇기 때문에 스기무라 소진칸이 방문했을 때 만일 간노가 그 자리에 함께 있었다고 한다면, 그녀가 그때 앞서 그들이 겪고 있는 상황에 대한 자신의 생각을 말하지 않았다고는 생각하기 어렵습니다. 그리고 저는 그 내용이 스기무라가 신문에 쓸 수 없는 내용이었을 가능성이 크다고 생각합니다.

어찌되었든, 스기무라의 「고토쿠 슈스이 전격 인터뷰」 기사는, 그로부터 과거 10년 정도 거슬러 올라가 일본의 사회주의운동의 시작으로부터 현재에 이르기까지의 흐름, 그리고 이들의 사회민주주의파와 무정부공산주의파로의 분열, 마지막으로 언론탄압 속에서 현재의 고토쿠의 입장에 이르기까지를 간략하면서도 요령 있게 설명하고 있습니다.

그리고 기사의 말미에는 다음과 같은 말이 있습니다.

> 그렇지만 나는 지금 이 모든 것을 모두 낱낱이 기록해서 아사히신문사 앞에도 천막이 세워지기를 기다릴 용기는 없다.

이윽고 점심이 지나, 고토쿠는 스기무라에게 식사를 하고 갈 것을 권했습니다. 스기무라는 사양 않고 제안을 받아들였습니다만, 여기에도 간노가 점심 식사에 동석했는지 여부에 관해서도 역시 다루고 있지 않습니다. 마지막 구절에는,

> …… 막상 돌아가려고 하자, 슈스이 군은 역까지 배웅하겠다고 했다.

그리고 곧바로 함께 뒷문으로 나왔다. 아니나 다를까 대문 밖에 멍석이 한 장 깔려 있다. 경찰이 감시하는 곳이다. 마침 식사라도 갔는지 아무도 없다. 이때 살짝 빠져나가야겠다고 속삭이며 대여섯 걸음 더 나아가자 '어이 안 되겠다. 왔다 왔어'라며 슈스이 군이 웃었다. 뒤돌아보자 과연 밀짚모자를 쓴 남자 한 명이 날듯이 뛰어 왔다. 우리들은 사정이야 어떻든 신주쿠新宿 방면으로 한두 거리를 걷다가 다시 뒤를 돌아보자, 이게 웬일인가, 어느새 미행하는 남자가 두 명이 되어 있었다.

전차에 타려고 하던 참에 처음으로 한 남자가 쭈뼛쭈뼛 나에게 다가와 '이름이 어떻게?'라며 물어왔다. 나보다도 먼저 당신의 이름을 대는 것이 먼저라고 말하자, 품을 뒤적거려 수첩을 내보였다. 신주쿠 경찰서 경찰, 에비자와海老沢 아무개라고 쓰여 있었다. '믿어도 돼'라고 고토쿠 군이 말을 보탰다. 이것 참 누가 조사를 받는지 모를 지경이 되어버렸다.

생동감 있고 경쾌한 도회적 어투, 이는 스기무라 소진칸과 소세키의 문장에 공통된 부분일 것입니다.

자신의 주의라던가 주장 따위에 집착하지 않죠. 오히려 그것을 섞어 얼버무려 농을 하듯이 내보입니다. 라쿠고落語의 어투와 닮아 있습니다. 에리세프도 일본에서 살 때에는 대중예술 극장에서 선보이는 이러한 라쿠고의 유머러스한 어투에 흥미를 가졌었습니다. 그것은 어느 정도 자신들 스스로를 향한 시니시즘cynicism도 포함하고 있었습니다. 그렇다고는 하지만, 러시아의 풍자유머, 아넥도

트anecdote 만큼 신랄한 것도 아닙니다.

라쿠고 세계의 주인공은 언제나 도시의 서민들입니다. 즉, 그곳에서 나누는 대화야말로 에리세프의 유창한 일본어 회화의 원천이 된 것입니다. 일본어에는 격식 있는 문어체와 일상적인 회화체가 있었는데, 근대 메이지기에 이르기까지 문어체와 회화체가 구분되어 사용되었습니다.

에도막부 말기부터 메이지기에 걸쳐 산유테 엔초三遊亭圓朝라는 라쿠고落語의 명인이 있었습니다. 그의 말을 속기술이라는 근대의 기술로 기록하는 것을 통해, 처음으로 활자 세계에 구어가 나타나게 되었습니다. 그리고 이것이 일본의 러시아문학자, 후타바테이 시메이二葉亭四迷 등이 만든 이른바 '언문일치言文一致'의 토대가 되었습니다.

●●●

그 인물들은 메이센銘仙을 입고 있었다

조금 시각을 달리 해보겠습니다.

나쓰메 소세키 『그 후それから』의 시대를, 복장이라는 관점에서 바라보고자 합니다. 나쓰메 소세키의 일기에 따르면, 그는 이 소설

을 1909년, 그러니까 메이지明治 42년 5월 31일에 집필을 시작해, 8월 14일에 탈고했다고 합니다. 소설의 무대도 거의 동시대, 봄부터 여름까지 따뜻한 계절의 도쿄입니다. 그리고 작중 등장인물들이 입고 있는 옷이 구체적으로 묘사되어 있는 장면도 몇 군데 있습니다.

초반, 소세키의 표현을 빌리자면 '새싹과 푸른 잎이 시작'되는 계절입니다. 주인공 다이스케代助는 친구인 히라오카平岡 부부의 신혼집을 찾아갈 때, '사냥모자를 쓰고, 메이센銘仙을 입은 채' 문을 나섰습니다.

사냥모자란 같은 해 안중근이 이토 히로부미를 저격할 때에도 쓰고 있었던 헌팅캡을 말합니다. 메이지 중반부터 유행하여, 이 무렵 청년들의 일반적인 옷차림이었던 것이겠죠. 안중근의 경우, 양복에 외투, 그리고 헌팅캡과 같은 서양풍의 복장이었습니다. 그렇지만 다이스케는 메이센이라고 하는 평상시에 입는 전통복장인 기모노着物에 헌팅캡을 썼습니다. 즉, 일본에서는 모자를 쓰는 행위 자체가 메이지기 초기의 '문명개화'와 더불어 서양풍의 새로운 풍습으로 받아들여졌던 것입니다. 그렇기 때문에 여기에서 다이스케가 일본 전통복장에 '사냥모자'를 쓰고 있는 모습도 그가 메이지 말기의 도시 청년이었음을 나타냅니다. 식민지 지식층 청년이었던 안중근의 경우는 어쩔 수 없이 전통복장을 벗고, 더욱 서양식 복장을 할 수밖에 없었다고 말할 수 있겠습니다. 다이쇼기大正期, 1923

년 관동대지진 무렵까지 일본에서는 이와 같은 일본과 서양이 섞인 복장이 계속되었습니다.

메이센銘仙이라는 기모노는 비단, 그러니까 염색된 생사를 소재로 한 평직물입니다. 어렵게 들릴지도 모르지만, 말하자면 기모노로서는 양산품이라는 말입니다. 저렴하게 만들어진 소재인 만큼 다양한 디자인을 즐길 수 있습니다. 다만 그만큼 오래 입을 수 있는 섬유는 아닙니다. 즉, 고급 전통복과 같이 부모에게서 아이에게, 세대를 거듭하며 계속해서 물려줄 물건은 아닙니다. 자신의 대에서 입고 버릴, 오로지 개인소비만을 위한 기모노입니다. 그렇지만 이 소재 덕분에 입는 사람의 개성을 강하게 반영하는 모던한 디자인의 기모노가 발전하게 되었습니다. 이와 같은 점을 고려하면 지금의 T셔츠에 해당한다고 말할 수 있을까요? 저렴하고, 입는 사람이 취향과 메시지가 명확하게 반영됩니다. 다이쇼기로부터 쇼와기에 걸쳐, 특히 젊은 여성을 위한 메이센 기모노가 폭발적으로 유행하게 됩니다. 『그 후それから』는 메이지 말기의 작품이기 때문에 이런 유행이 한참이었을 시기였죠. 여기에서 다이스케가 입을 법한 남성복은 차분한 무늬였을 테지만, 그는 헌팅캡에 메이센과 같은 도시 청년다운 복장을 하고 있는 것입니다.

그 후, 친구인 히라오카平岡가 다이스케의 집을 찾아오는 장면이 있습니다. 여기에서 히라오카는 벌써 여름 '양복'을 입고 나옵니다. 흰 셔츠도 색상도 새것인 데다가 니트 넥타이를 하고 있는데, 구직 중인 신분이라고 생각할 수 없을 만큼 패셔너블한 복장입니다.

게다가 다른 날, 히라오카의 처 미치요三千代가 혼자 다이스케를 찾아옵니다. 그녀는 이때에 '사지•로 짠 홑 기모노 아래에 속곳을 겹쳐 입고, 손에는 크고 하얀 백합 서너 송이'를 들고 있었습니다. 사지라고 하는 것은 얇은 평직의 모직물로 봄부터 여름 전까지 입는 기모노 원단입니다.

•【역주】 사지serge : 모직물로, 견모교직絹毛交織을 가리키는 말이었으나, 근래 주로 소모사梳毛絲로 짠 옷감을 가리킴.

그리고 한 번 더 다이스케로부터 편지를 받고, 미치요가 찾아오는 장면이 있습니다. 이때, 미치요는 '갈필 무늬••의 메이센銘仙에 당초무늬의 허리띠'를 묶고 왔는데, 지난번과는 완전히 다른 복장을 하고 온 것에 다이스케는 놀랍니다. 그는 무언가 '새로운 느낌'을 받은 것입니다. 이때 다이스케는 백합을 많이 사와서는 화병이나 화분에 꽃꽂이를 하고 있었습니다.

••【역주】 갈필 : 붓으로 살짝 스치듯 쓰거나, 먹을 조금 묻혀 써서 흰 자국이 많이 보이는 붓글씨 혹은 그 부분.

이는 다이스케가 히라오카와 미치요의 결혼으로부터 수년이 지나 다소 때늦은 구애를 하게 되고, 미치요가 이것을 받아들이는 장면입니다. 소세키는 이 인상적인 장면의 여주인공의 복장으로 '메이센'을 입혔던 것입니다. 격식을 차린 기모노 따위가 아니었던 것입니다.

덧붙여서, 소세키의 다음 작품 『문門』에서는 더욱 깊은 의미를 부여하기 위해 메이센銘仙이 사용됩니다.

주인공 소스케宗助는 숙부의 죽음 때문에, 기대하고 있던 재산을 어찌어찌하는 사이에 잃어버리게 됩니다. 게다가 자신의 수중에는, 아버지 대로부터 전해진 에도시대의 화가 사카이 호이쓰酒井抱一가 가을 달밤의 평야를 그린 두 장짜리 병풍 정도가 남아 있을 뿐이었습니다. 그는 말단 공무원으로, 월급도 적었습니다. 부인인 오요네お米는 '당신, 저 병풍, 팔면 안 될까요?'라고 물었습니다. 그렇게 해서 10엔 남짓한 돈이 들어오면 소스케의 해진 구두를 다시 맞출 수 있고, 게다가 메이센 한 필은 살 수 있을 것이라고 그녀는 말하는 것이었습니다. 소스케도, '그러게 말이야'라고 동의합니다. 오요네가 팔아보려고 하자 6엔에 사겠다고 골통품상이 말합니다. 오요네가 대답을 하지 않고 있자, 골동품상은 점점 가격을 올려, 급기야 35엔에 사갑니다. 골동품상이 이 병풍을 소스케가 세를 들어 살고 있는 집주인에게 80엔에 팔았다는 것을 알게 된 것은 이후의 일이었습니다.

어느 날 소스케가 용무가 있어 집주인을 찾아갔을 때, 응접실로 들어갔습니다. 거기에는 집주인의 가족과 이외에도 남자 한 명이 더 있었는데, 행상을 하는 포목상이었습니다. 시골의 산지로부터 보자기 하나에 여러 가지 옷감을 싸 짊어지고 와서는 도쿄 거리에 나와 팔고 다니는 것입니다. 햇볕에 그을린 피부, 먼지가 붙은 머리, 겨울임에도 불구하고 무릎이 튀어나올 것 같은 기모노를 입고 있어, 가난뱅이처럼 보였습니다. 게다가 말투가 촌스러워 그가 무언가 말을 할 때면 가족 모두가 웃었습니다. 그는 고향 마을은 가난해서 글을 읽고 쓸 수 있는 것이 자기 혼자뿐이라고 말했습니다. 쌀도 조도 나지 않기 때문에 뽕나무를 심어 누에를 기르는데, 뽕나무 잎이 누에의 사료가 되기 때문입니다. 누에고치로부터 실을 뽑아 기계로 짜서 벌어먹고 있기 때문에 이렇게 새해까지도 거리에 나와 팔고 다니고 있다고 했습니다. 봄에는 누에를 돌보는 데에 바쁘기 때문에 마을에 돌아가는데, 그 뒤에 또 옷감을 짜면 가을 사이에 팔러 다니겠죠. 그렇지만 그가 이렇게 늘어놓은 옷감은 메이센銘仙, 비단, 명주 등 하나같이 고급이라는 것은 한 눈에 알 수 있었습니다.

"당신도 어때요, 덤으로 뭔가 하나 할래요? 부인의 평상복이라도" 라고 그 집의 주인이 권유하는 바람에 소스케는 오요네를 위해 메이센 한 필을 삽니다. 주인은 값을 깎고 또 깎아 3엔으로 사게 해 주었습니다.

그러니까 이렇게 아름다운 옷감을 만드는 농민은 언제까지고 가난합니다. 아무리 일하고 옷감을 짜도 생활은 요만큼도 좋아지지 않습니다. 하지만 도시의 부자는 그들의 옷감을 싸게 사들일 수 있기 때문에 소비생활은 훨씬 더 발전하여 더욱 아름답고 멋진 생활을 영위해 갈 수 있게 됩니다.

한편, 소세키의 소설에 등장하는 여성들은 이러한 도시생활 속에서 영리하고 소신껏 살고 있습니다. 예를 들어 그녀들은 메이센을 입고 있습니다. 평상복이라고는 하지만, 그녀들은 각각 자신의 취미와 취향을 발휘하여 구입하여 그것을 입습니다. 즉, 자신의 취향을 입고 있는 것입니다. 그 어떤 말보다도, 디자인, 옷감 및 색상, 혹은 입는 방법이 그녀들 한 명 한명이 무엇을 생각하고 어떤 사람인가를 나타내고 있습니다. 옛날처럼 어머니로부터 딸에게 그리고 손녀에게 당연하게 물려 내려왔던 고급 기모노와는 전혀 다릅니다. 메이지기의 공업화 사회의 발전과 도시의 소비생활이 맞물려 만들어 낸 더욱 경쾌한 기모노인 것입니다.

소세키는 젊은 시절의 선 자리에서, 상대 여성이 치열이 나쁨에도 불구하고 이를 숨기지 않고 아무렇지도 않게 행동하는 모습이 마음에 들어서 교코鏡子 부인과의 결혼을 결심했다고 합니다. 이와 같은 이야기는 교코 부인에 대한 회상기에 등장합니다. 그는 무심하고 태연하게 자신의 주장을 하는, 그와 같은 새로운 시대의 여성을 좋아했던 것이겠죠. 이것이 에도시대의 분위기가 아직 남아 있는 '메이지 초기'와 청일전쟁 이후의 공업화된 '메이지 후기' 사회와의 차이점입니다. 『그 후それから』 속에 흐르는 분위기에도 그와 같은 것을 찾을 수 있습니다. 여주인공인 미치요가 운명적인 장면에서 입고 온 메이센銘仙 차림은 그런 그녀의 내면을 나타내고 있는 것입니다.

메이센이라고 하는 제품은 양잠, 제사공업과 같은 근대산업의 프로세스를 통해 태어났습니다. 1894년에 발발한 청일전쟁, 1904

년에 발발한 러일전쟁을 지나며, 견직물 생산은 폭발적으로 시장을 성장시켰습니다. 수출에 더해 국내소비도 크게 성장했습니다.

양잠은 본래 일 년에 한 번 봄에 누에를 기르는 것이 일반적이었습니다. 그렇지만 그것만으로는 수요 증가를 따라갈 수 없습니다. 생사의 수요가 늘어남에 따라 누에의 개량도 거듭되어 메이지 후반에는 봄과 여름·가을, 그러니까 일 년에 두 번 누에를 기르는 것이 일본 전국의 양잠농가에서 일반적인 것이 되었습니다.

그중에서도 간토関東, 그러니까 도쿄 근방의 군마현群馬県과 도치기현栃木県은 생사, 견직물의 대량 산지였습니다. 이 두 현의 경계 부근을 가로질러 와타라세강渡良瀬川이 흐르는데, 이 강의 양쪽 기슭에 견직물 생산을 담당하고 있는 몇몇 마을이 늘어서 있습니다. 수량이 풍부한 강 덕분에 어획량은 풍부했고 농토는 비옥했으며 배를 통한 운송도 가능했습니다.

그런데, 최상류에 위치한 아시오足尾라는 산지에는 동銅 광산이 있었습니다. 에도시대로부터 광석을 채굴하고 있었던 곳입니다만, 메이지기의 공업화로 인해 동銅의 생산량이 폭발적으로 증가했습니다. 그 때문에 아시오 주변에 위치한 산의 나무들은 동을 정련할 때 발생하는 유독가스로 말미암아 모조리 말라, 산은 모두 민둥산으로 변해버렸습니다. 광독鑛毒의 피해가 와타라세강渡良瀬川 하류의 지역까지 퍼진 것은 19세기 후반 무렵이었다고 합니다. 풍요롭던 농토는 풀도 나무도 나지 않는 말라비틀어진 황야로 변해

버렸습니다. 수산물도 얻을 수 없게 되었습니다. 그와 더불어 이들 지역의 주민에게도 건강 피해가 확산되었습니다. 간경화, 발육부전 그리고 가장 심각한 점은 광독 피해로 인해 유발된 지역주민의 빈곤화였습니다. 빈곤은 영양부족에 의한 면역력저하를 가져왔으며, 비위생적인 생활환경을 더욱더 악화시켜 다양한 질병을 만연시켰습니다. 또한 광산의 광부들 사이에서도 위험하고 비인간적인 노동환경에 견디지 못하고 결국에는 폭동이 일어나기도 했습니다.

백 년이 지난 현재, 그 광산은 이미 오래전에 폐쇄되었습니다. 그렇지만, 현지의 민둥산은 그대로입니다. 식수활동이 계속되고는 있습니다만, 강한 산성에 오염된 토양은 아직도 회복되지 않았습니다. 20세기 초반에 아황산가스 연기 피해로 폐촌이 된 촌락의 자취도 황무지인 채로 남아 있습니다. 강물은 맑아졌습니다만, 물고기는 없습니다. 지역의 아이들은 그 강에서 헤엄치지 않고 성장하여, 결국에는 직업을 찾아 고향을 떠납니다.

추가하자면 아시오 마을은 와타라세강의 원류와 가까워 깊은 계곡 안에 있습니다. 그럼에도 험한 산마루를 하나 넘기만 하면 닛코日光로 빠져 나올 수 있습니다. 거리로 보면 기껏해야 10킬로미터 정도일 것입니다.

닛코라는 지명은 여러분도 들어본 적이 있을지도 모릅니다. 메이지 초기 이래 일본을 방문하는 서양인들에게도 널리 알려진 관광지입니다. 초대 도쿠가와德川 쇼군을 섬기고 있는 호화로운 신사가 있으며, 더욱이 깊은 곳에는 아름다운 호수가 자리 잡고 있습니다. 그래서 서양인들에게 공기가 아름다운 피서지로서도 알려져 있는 장소입니다.

산마루 하나 너머에 지옥과 같은 풍경을 떠올리게 하는 아시오라는 땅이 있다고는 그 누구도 상상조차 할 수 없었겠죠. 그보다 더 이상한 것은 그렇게도 무서운 파괴력을 보였던 아시오 광산의 유독가스가 산마루에 둘러싸여 용케도 닛코 쪽으로 흘러가지 않았다는 점입니다. 이것이야말로 기적과도 같이 느껴집니다. 그렇지만 인간들은 그럴 가능성에는 그다지 관심이 없는 듯합니다.

나쓰메 소세키는 『갱부坑夫』라는 소설을 썼습니다. 『그 후それから』로부터 1년 반 앞선 1908년 1월부터 4월까지 『아사히신문朝日新聞』에 연재한 소설로, 아시오 광산과 비슷한 광산이 무대가 됩니다.

가출한 젊은이가 자포자기의 심정으로 탄광에서 일하려고 들어가게 되는 과정을 그린 작품입니다. 그곳은 외부에서 온 사람에게는 딴 세상 같은 가혹한 육체노동의 세계입니다. 그렇지만 결국 그곳에 채 익숙해지기도 전에 그는, '기관지염'으로 갱부로는 실격이라고 의사로부터 진단받고 외부 세계로 돌아오게 됩니다. 말하자면 갱부가 되다 만 낙오자의 이야기입니다.

소세키의 작품 중에서는 그다지 인기가 없는 작품인데, 원래부터가 광산이 무대인 데다가 여성도 등장하지 않기 때문이겠죠. 그렇지만 이 작품이 아시오 광산의 광독鑛毒 문제나 아시오 현지의 갱부들의 폭동과 같은 사회문제가 세상을 떠들썩하게 하던 중에 발표되었다는 점이 중요합니다. 다시 말하면 이것은 분명하게 사회파 소설로서의 측면을 갖고 있습니다. 그럼에도 불구하고 주인공은 그 세계에 들어가지 못하는 낙오자입니다. 이런 아이러니한 내용의 소설이라는 점도 소세키라는 작가의 재미있는 점이라고 할 수 있겠습니다.

간노 스가코의 남편이기도 한 아라하타 간손은 한때 이 아시오 광산을 둘러싼 문제에 열심히 관여했었습니다. 발단은 아직 그녀를 알기 전의 일이었습니다.

1905년 봄부터 여름에 걸쳐 아직 만 17세였던 아라하타는 리어카에 평민사平民社가 간행한 서적 등을 싣고, 사회주의 사상의 전도를 위한 행상이라 칭하며 도호쿠東北 지방이나 기타칸토北関東를 혼자 돌아다닌 적이 있었습니다. 이런 행동을 하고 다녀서는 가는 곳마다 경찰의 미행이나 방해를 받을 수밖에 없습니다. 그런 점을 충분히 알면서도 소년을 이런 여행에 혼자 보냈다는 것은 평민사 사람들의 눈에도 그에게 믿음직한 부분이 있었다는 것이겠죠. 게다가 7월, 아라하타가 도치기현栃木県의 야나카마을谷中村에서 아시오 광산의 광독鑛毒 문제에 대해 항의를 계속하고 있었던 다나카 쇼조田中正造와 만난 것은 이후 그의 인생에 큰 영향을 미쳤을 터입니다. 이때 다나카 쇼조는 63세였습니다. 근방의 촌장 출신이었던 다나카는 6선의원을 지낸 정치가이기도 했습니다만, 광독 문제를 정부에 계속해서 문제제기를 한 끝에 결국 의원직을 그만두고 거리로 나와 덴노에게 직소를 하려다가 체포된 적도 있었습니다. 아라하타가 그를 만났을 때, 다나카는 야나카마을 전부를 와타라세강渡良瀬川의 유수지로 쓰기 위해 수몰시키고자 하는 정부안에 저항하기 위해 스스로 이 지역으로 이주해 있던 무렵이었습니다. 그 뒤에 그는 바로 '잊혀진 다니나카마을'이라는 리포트를 평민사의 기관지에 기고하여, 아시오 광산 문제에도 참여했습니다.

이때 아라하타가 아직 17세의 어린 나이였음에도 불구하고 어떻게 사태의 본질을 파악할 수 있었는가를 살펴보자면, 이미 그는 노동을 해 본 경험이 있었기 때문입니다.

러일전쟁 직전, 15세였던 아라타는 요코하마横浜의 부모 곁을 벗어나 요코스카横須賀에 있는 해군 조선공장에서 목공부 수습공으로 일하기 시작했습니다. 전쟁 발발의 분위기가 고조되기만 함에 따라 군함건조작업이 너무 바빠진 나머지 그와 같은 수습공도 군함건조에 투입되었습니다. 덥고 어둡고 불결한 도크 안에서 이루어지는 작업에, 직공들은 각기병과 폐결핵으로 차례차례 쓰러져 갔습니다. "퍼렇게 뜬 생기 없는 얼굴로 아픈 다리를 포기하고 쭈그려 앉아 작업을 계속하고 있다." 이 광경을 보자면 "저세상을 떠도는 유령이라도 만난 것 같은 불쾌한 느낌을 받을 수밖에 없다"고 그는 기록하고 있습니다.

아라하타가 '간손寒村'이라는 필명을 사용하게 된 것은 1905년 이 야나카마을谷中村을 방문한 직후부터입니다. 간손은 거칠고 황량하고 가난한 마을이라는 의미인데, 바로 이때 그가 목격한, 한여름임에도 불구하고 말라비틀어진 야나카마을의 풍경이었을 것입니다. 그 뒤로부터 93세로 생을 마감할 때까지 그는 '간손'이라는 이름으로 살게 됩니다.

●●●

그녀가 섬에서 보낸 편지

…… 아, 그렇군요. 아라하타가 어떻게 간노 스가코와 만나게 됐는지를 설명하지 않으면 안 되겠네요.

아라하타가 아시오에서 도쿄로 돌아온 가을의 일이었습니다. 평민사平民社의 운영은 이제 한계에 다다르고 있었습니다. 그래서 그는 스승격인 사카이 도시히코堺利彦의 알선으로 기슈紀州 다나베田辺의 『무로신보牟婁新報』라는 작은 신문사에서 기자로 일하게 됩니다. 아라하타는 사카이를 처음 만나게 되면서 평민사에 드나들게 되었기 때문에 평생 사카이를 '선생님'이라고 부르며 존경했다고 합니다.

기슈의 다나베는 기슈반도 서쪽 연안 깊은 만에 위치한 시골마을입니다. 해변 가까운 곳까지 깊은 산지가 이어져 있는 반도로, 당시 오사카에서 이 마을까지 가려면 꼬박 하룻밤 동안 배를 타고 가야만 했습니다. 드디어 러일전쟁이 끝났음에도 불구하고 사회주의자들의 삶은 곤궁한 채 그대로였습니다.

해가 바뀌어 1906년 2월, 이 신문사에 간노 스가코도 도쿄로부터 부임해 오게 됩니다. 『무로신보』의 사주 겸 주필은 모리 사이안毛利柴庵이었는데, 그는 도쿄의 사카이나 스기무라 소진칸 등과 친한 관계를 맺고 있었습니다. 모리는 고향 와카야마현和歌山県 지사를 맹렬하게 비판한 것 때문에 재판을 받게 되었는데, 더욱이 그는 지면을 통해 이 재판의 재판관마저 비판하여 결국에는 실형 판결을 받게 되었던 것입니다. 아직 그녀가 일본에서 사상 두 번째 혹은 세 번째 여성기자라고 불리던 시절의 이야기인데, 이때 아라하타가 만 18세, 그리고 간노가 만 24세였습니다.

이때 그들 두 명이 『무로신보』에서 함께 근무한 것은 불과 2개월 남짓이었습니다. 아라하타는 4월에 모리 도시히코의 호출로 도쿄로 향하게 되었는데, 이때 아라하타의 머릿속은 자신의 허황된 실연에 대한 고민으로 가득했었다고 합니다. 그래서 그는 간노의 하숙집에서 술을 얻어먹었다는 등의 이야기를 늘어놓으면서 울며 잠들기도 했다고 합니다.

간노의 6살 연하이며 결핵으로 요양 중인 여동생 히데코秀子는 3월부터 간노의 하숙집에서 함께 살았는데, 아라하타와 히데코는 동갑이었습니다. 휴일에는 세 명이서 관광지를 다니기도 하는 등, 말 그대로 '누나'와 '애송이 가쓰'는, 선배 격인 여성기자와 혈기 왕성한 후배기자 사이로 지냈던 모양입니다. 그리고 주필이었던 모리 사이안毛利柴庵도 5월에는 형기를 마치고 출소하여 간노도 히데코도 교토로 돌아가게 되었습니다.

도쿄에 돌아간 아라하타는 사카이 도시히코의 집에서 기숙하면서 사카이와 그의 동지들이 세운 일본사회당 기관지의 편집을 맡아 일하게 되었습니다. 사카이는 배려심이 많은 인물로, 가족들의 생활도 어려웠음에도 불구하고, 아라하타에게 영어를 가르치고자 교과서 등을 사주고, 밤에는 영어 학교에도 보내주었습니다.

아라하타와 교토京都의 간노 사이에는 자주 편지가 오고갔다고 합니다. 서로 떨어져 있게 되어 오히려 서로를 생각하는 마음이 간절해 졌던 것일지도 모르겠습니다. 드디어 아라하타는 참을 수 없게 되어, 8월이 되자 사카이의 집을 빠져나와 교토의 간노와 히데코가 살고 있는 집으로 달려갔습니다. 그리고 다시금 사카이로부터 질책하는 편지를 받고 도쿄로 돌아올 때까지 거의 한 달 동안 그 작은 셋방에서 세 명이 함께 지냈습니다. 아라하타에 따르면 간노와의 사이에서 남녀 간의 애정이 싹터서 깊어졌던 것은 바로 이 시기였다고 합니다.

가을 문턱에 아라하타는 도쿄에 돌아왔습니다. 그리고 간노도 히데코를 동반하고 도쿄로 나와 『마이니치전보每日電報』에서 여기자로서 일거리를 찾게 됩니다. 연말 두 사람은 사카이로부터 '결혼' 허락을 받고, 이듬해 1907년 연초에 『무로신보牟婁新報』의 신문지상에 간노가 인연을 맺고 있었던 독자들에게 이 사실을 공표했습니다. 둘을 알고 있는 기슈 다나베의 사람들은 분명 놀라서 수군댔을 것입니다. 그 정도로 작은 마을이었습니다.

그렇지만 도쿄에서 두 사람의 신혼생활이 실제로 어떠했나요? 라고 묻는다면, 그것은 잘 모르겠습니다.

간노는 도쿄 이치가야市ヶ谷의 하숙집에서 병세가 악화일로였던 동생 히데코를 돌보면서 살고 있었습니다. 원래라면 아라하타도 함께 살고 있을 터였습니다만, 그렇지도 않은 모양입니다. 그는 동세대 사회주의운동 동지들의 집을 전전하기도 했던 것 같습니다. 그리고 그녀는 얼마 지나지 않아 신주쿠에서 그리 멀지 않는 가시와기柏木의 단독주택으로 옮겼다고 합니다. 그 주변에는 급진파에 속하는 젊은 사회주의자, 무정부주의자들이 모여 살고 있는 지역이었습니다. 당시는 신시가지에 작고 싼 가격의 셋집이 많았기 때문에 그들도 살기에 편했습니다. 그리고 고토쿠, 사카이의 집과도 가까웠던 점도 컸었겠죠. 그리고 중국의 혁명 운동가들 중에서도 일본으로 건너와 이 주변에 머물던 사람들도 많았었습니다.

러일전쟁 후였던 이 시기는 신해혁명이 일어나기 전으로 중국에서 일본에 온 유학생이 급증하는 시기였습니다. 가장 많을 때는 만 명 전후의 중국인 유학생이 있었다고도 합니다. 부유층의 자제가 다수를 점하고 있었지만, 그 속에는 혁명가들도 상당수 함께 섞여 있었습니다. 아니 그렇다기보다 유학생활이 오히려 혁명가들을 길러냈다고 할 수도 있겠습니다. 고토쿠와 그의 동지들과 연계하여 거사를 일으키고자 했던 사람들도 적지 않았습니다.

2월 초를 시작으로 드디어 아시오 광산에서 열악한 노동조건 등에 불만이 높아져 갱부들의 대규모 폭동이 있어났습니다. 당시 평민사平民社는 재건되어 일간 『평민신문平民新聞』이 복간되었지만, 아시오에 급파한 기자들이 바로 현지에서 체포되어버려, 아라하타가 그 뒤를 이어 기자로서 파견되었습니다. 그는 폭설 속에 도보로 닛코日光에서 험한 능선을 넘어 계엄령하의 아시오로 잠입했습니다. 그렇지만 이미 폭동은 거의 진압되어 갱부들의 체포 및 연행이 계속되었습니다. 아라하타에 대한 추적도 시작되어 그는 거의 아무것도 하지 못한 채, 다시금 아시오에서 탈출할 수밖에 없었습니다.

도쿄 가시와기의 자택에 돌아오자 간노의 여동생 히데코가 결핵균에 뇌가 손상을 입어 병세가 위독하게 되었습니다. 그럼에도 그녀를 입원시킬 돈조차 없었습니다. 그 뒤로부터 10일이 채 지나지 않아 히데코는 죽고 말았습니다. 간단한 장례식 뒤에 간노는 앓아누웠고, 의사를 통해 그녀의 폐도 이미 결핵에 걸려 있었다는 진단을 받았습니다.

간노는 봄부터 『마이니치전보毎日電報』 기자 일을 잠시 유예하고 이즈伊豆의 하쓰시마初島라는 작은 섬으로 휴양을 떠났습니다. 완전 휴직은 아니었고, 섬에서 때때로 현지 보고와 같은 형태의 기사를 보내기도 했습니다.

하쓰시마에는 당시 아타미熱海라는 온천마을의 구석에 있는 아지로網代라는 항구에서 삼일에 한번 우편을 나르는 통신선이 드나들고 있었다고 합니다. 해상으로 30리里 그러니까 바다로부터 10킬로미터 이내의 섬은 모두 그 배에 편승하여 갈 수밖에 없었습니다.

도쿄에서 오자면 도중에 오다와라小田原까지 약 80킬로미터 정도까지는 기차가 있었습니다. 그렇지만 그 뒤로 아타미까지 25킬로미터 정도는 아직 정규 철도가 뚫려 있지 않아, '인력철도' 즉, 사람의 힘으로 미는 차량을 타고 가야 합니다. 세 시간 정도의 구간이었다고 합니다. 그녀는 이렇게 하쓰시마로 향했는데, 이는 5월 초 무렵의 일이었습니다.

한편 아라하타는 일간 『평민신문平民新聞』이 4월 중반 또다시 폐간되어, 실업상태로 한가한 처지가 되었습니다. 때문에 간노가 장기 요양을 떠나게 되자, 이번에는 떨어지기 싫었는지 배웅할 겸 아지로網代의 항구까지 반나절이나 그녀를 졸졸 따라갔습니다.

후미져 있는 항구로부터 제방을 따라 마을 건너편으로 걸어가면 바다는 외해로 이어져 열려 있었습니다. 잔잔한 수면 위에 노래에 장단을 맞추어 어망을 수리하고 있는 배도 있었고, 저 멀리 하쓰시마의 그림자도 보였습니다. 그러던 와중에 또 미련이 생겼습니다. 아라하타에게는 곤란해지면 자기도 모르게 자꾸만 손톱을 깨무는 버릇이 있었습니다. 항구 가까운 숙소에서 함께 일박을 하면서 다음날 아침 섬으로 향하는 통신선에 간노가 타고 가는 것을 배웅하고, 이번에는 아라하타가 혼자 도쿄까지 돌아왔습니다.

한편 간노는 하쓰시마의 어부의 집의 별채를 빌렸습니다. 그녀에게 세 살 어린 남동생이 있다는 것은 처음 이야기하는 건가요? 마사오正雄라는 이름으로 3년 반 정도 전에 미국 서부해안으로 유학을 보냈었습니다. 유학을 보냈다고는 하지만 그 뒤로 뒷바라지는 전혀 하지 않았기 때문에 그 역시 상당히 힘든 유학생활을 계속했을 터였습니다. 이제 그는 간노에게 있어서 마지막으로 남은 유일한 혈육이 되어버렸습니다. 그녀는 동생 앞으로 편지를 썼습니다. 근황을 알리면서 '너와는 이제 영원히 다시 볼 수 없겠지'라고 썼습니다. 이 편지는 다시 말하면 그녀 나름의 유서였던 것입니다.

저는 이때 이미 그녀가 메이지 덴노에 대한 테러를 생각했다고 생각지는 않습니다. 그보다는 오히려, 여동생 히데코를 20살도 안 된 젊은 나이에 떠나보냈고, 자신도 결국에는 결핵에 걸려 죽을 테니, 단 하나의 혈육인 동생 마사오와도 다시 살아서 만나는 일은 없을 것 같다고 생각했던 것 같습니다. 그녀는 이러한 상황 인식 속에서, 남은 생을 살고자 했던 것 같습니다.

생각해 보자면 아이러니한데, 그녀의 돌아가신 아버지는 당시 널리 쓰이던 말로 하자면 광산 기술자였는데, 조금 속된 말로 하면 광맥 탐사꾼이었습니다. 질이 좋은 광산을 하나 찾아내기만 하면 제대로 된 수입을 얻을 수 있습니다. 그렇게 일본 전국 여기저기를 돌아다녔습니다. 즉, 근대 일본 자본주의의 발전을 뒤에서 지탱해 온 부모로부터 테러리스트가 되기를 희망하는 간노 스가코라는 여성이 태어난 것입니다.

아버지는 교토의 하급무사 출신인 듯합니다. 메이지 유신이라는 혁명에 의해 이 무사라는 계급은 폐지되었습니다. 그래서 그는 재판관이 되었고, 그 뒤에는 변호사가 되었습니다. 그러고 나서 어떻게 광산학 지식을 취득해서 광맥 탐사꾼이 되었는지는 모릅니다. 어찌되었든 간에 광맥 탐사꾼은 부침이 심한 직업으로 한때는 생활이 풍족했던 시기도 있었던 것 같습니다. 간노 스가코는 오사카에서 자랐습니다만, 어렸을 때에는 도쿄에 있었던 적도 있었고, 10대 중반에는 에히메愛媛나 오이타大分에서도 살았는데, 이것은 아버지의 직업의 영향이었던 듯싶습니다. 그녀는 어머니를 일찍 여윈 탓에 학교는 오사카의 4년제 고등 소학교를 2년에 중퇴하고 여동생과 남동생을 돌봤습니다. 나중에 한 번 더 오이타에서 학교를 다시 들어가 15세가 되는 해에 소학교 보습과를 마쳤습니다. 공부를 좋아했던 것이겠죠. 10대 후반에 오사카에 돌아갔으나 다시 도쿄로 나와 간호사회에 들어가 수습 간호사 수업을 받기도 했었던 것 같습니다.

18세가 되는 해에 한 번 결혼하고 3년 만에 정식으로 이혼했습니다. 『오사카조보大阪朝報』의 신문기자가 된 것은 그 무렵이었습니다. 부인교풍회婦人矯風会라는 기독교 사회교화단체에 입회하여 세례도 받았습니다. 1904년, 러일전쟁 중 『평민신문平民新聞』을 구독하면서 사회주의에 경도된 것도 23살이 되던 이 무렵의 일이었습니다.

다음 해, 아버지가 병으로 죽었습니다. 그리고 이번에는 여동생도 잃었습니다. 그러니 가족이라고 해 보아야 남동생 마사오만이 남게 되었는데, 남동생마저 이미 그녀의 곁에 없었습니다.

여동생이 죽기 일 년 전 그러니까 1906년 4월 샌프란시스코 대지진의 피해를 당한 동생 마사오는 로스앤젤레스로 이주했습니다. 그렇지만 지금과는 다르게 전화라는 수단도 없었습니다. 연락할 방법조차 없었던 그녀는 이제는 남동생과 서로 만날 일 없이 각자의 세계에서 살아가게 될 것이라고 느꼈던 것이겠죠.

물론 가족이라면 '남편'인 아라하타 간손이 있었습니다만, 실제로 이 사실을 서로 어떻게 느끼고 있었는지에 대해서는 잘 모르겠습니다. 한편, 아라하타는 이제부터 징병검사를 받게 될 처지였기 때문에, 본가의 아버지나 형과의 왕래가 계속되고 있었습니다. 그에게 있어서도 가족이라고 할라치면 본가의 사람들 쪽이 더 현실감 있게 다가왔을지도 모를 일입니다.

아라하타는 간노를 하쓰시마에 요양을 떠나보내고 나서 한때, 가나오분엔도金尾文淵堂라는 출판사에 취직하여 원고수합이나 교정을 돕기도 했습니다. 그렇지만, 그것도 여름까지 계속되지 않았는데, 정확하게는 고작 한 달 정도였다고 합니다.

참고로 가나오분엔도는 원래 오사카에서 창업한 출판사로, 도쿄로 옮긴 후에도 경영 사정이 좋지 않았음도 불구하고 항상 모던하고 아름다운 조판의 문예서로 유명했습니다. 당시 평민사의 동료였던 야스나리 사다오安成貞雄의 동생인 야스나리 지로安成二郎도 약간 선배 격인 동료로서 함께 일하고 있었습니다.

아라하타가 근무했던 다음해 1908년에는 이 가나오분엔도로부터 투르게네프의 『루딘*Rudin*』이 『우키구사浮草』라는 제목으로 새롭게 출판되었는데, 후타바테이 시메이二葉亭四迷의 번역이었습니다. 아라하타에 의하면 이때 야스나리 지로는 광고문 작성 담당이었는데, 투르게네프가 누구인지 몰랐기 때문에 루딘이 작가 이름인 줄 알고 그만,

'러시아의 문호 루딘의 걸작'

이라고 광고 문구를 썼는데, 이것이 그대로 인쇄되어 나갔다고 합니다.

여름의 해질녘의 뱃놀이, 그리고 가난한 마을의 이야기

이제 다시 이야기의 본론으로 돌아가 봅시다.

1907년 초여름, 간노 스가코는 두 달 만에 하쓰시마初島에서 도쿄로 돌아왔습니다. 한편 남편 아라하타 간손은 6월 중반쯤, 예전에 방문했었던 도치기현栃木県의 와타라세강渡良瀬川 인근의 야나카 마을谷中村을 다나카 쇼조와 함께 다시 방문했습니다.

야나카마을은 주위를 제방으로 둘러쌓는 것을 통해 와타라세강의 홍수로부터 전답과 집을 지켜오면서 이어져 온 마을이었습니다. 그런데 관헌은 이 마을을 없애고 마을사람들을 퇴거시키기 위해 계속해서 그곳의 제방을 파괴하고자 했습니다. 결국 같은 해에는 집도 강제적으로 철거 가능하다는 법률을 적용해 최후까지 남은 마을사람들을 쫓아내고자 했습니다.

아라하타는 아직 마을에 남아 있는 사람들에게 안내를 받아, 우기에 접어들기 시작한 황폐한 마을을 돌아보았습니다. 또한 이 운동을 그만두었다는 이유로, 아직 싸움을 계속하고 있는 마을사람들로부터 비난을 받고 있는 친구도 방문했습니다. 아라하타는 자신에게는 그를 비난할 자격이 없다는 점도 느끼고 있었습니다.

그해 여름 아라하타는 열심히 『야나카마을 멸망사谷中村滅亡史』를 탈고하여 8월 말에 겨우 간행했습니다만, 발행 당일에 발매금지 처분을 받고 사회로부터 매장되어 버렸습니다.

가을에 접어들자 아라하타는 오사카의 신문사에 취직하여 도쿄를 떠났고, 간노와 엇갈리는 생활이 계속됩니다. 둘 사이가 순조롭지 않았다는 것을 엿볼 수 있는 대목입니다. 아니 이 사이에도 둘 사이에 결별에 관한 이야기가 있었는데, 간노는 아라하타가 이렇게 오사카로 가게 된 것을 계기로 그와는 헤어졌다고 생각했었던 것 같습니다.

연말이 되자 섣달 그믐날 그녀는 다시금 마음의 병을 치료하기 위해서 이번에는 지바千葉의 호타항保田港을 찾았습니다. 당시 그곳에 가기 위해서는 도쿄의 스미다강隅田川의 하구 근처에 있는 다리 옆에서 배를 탔습니다. 도쿄만의 출구에 접한 호타항에서 배를 내리자 우연히 말을 거는 사람이 있어, 바로 앞에 있는 요시하마吉浜의 촌락의 아키라야秋良屋라는 선주 집에 잠시 머물게 되었습니다. 빌린 방은 남쪽의 툇마루로부터 미닫이문을 통해 따뜻한 볕이 드는 방이었습니다. 집 앞의 언덕을 이삼십 걸음 정도 내려가면 해안이 나옵니다.

새해는 이렇게 밝았습니다. 그리고 1908년 2월에 들어섰을 때, 이 집에 갑자기 오사카로부터 아라하타가 찾아왔습니다. 남동생이라고 이름을 대고 방으로 들어왔다고 하는데, 드물게도 양복을 입고 있었습니다. 간노는 그의 여전히 어린애처럼 제멋대로인 점을 어느 정도는 성가시게 생각했을 터입니다. 하지만 그런 그에게는 귀여운 부분도 있었기에 일부러 별말은 하지 않았던 듯싶습니다. 석양이 지는 해변에서 허전한 마음이 들기도 했었기에 시시한 그의 여행담에도 귀를 기울였습니다. 이런 식으로 둘은 20일 정도 함께 지냈습니다. 옆방에는 마찬가지로 요양을 위해 아라하타와 동년배인 아베安部라고 하는 젊은 남자가 머물고 있었습니다. 아라하타는 금세 그 남자와 친해져 세 명이서 함께 가까운 노코기리산鋸山에 오르거나 해변을 걷거나 했습니다. 귀찮은 이야기를 뒤로 미뤄둘 수 있었던 것만으로도 그녀에게는 나쁠 것이 없었습니다.

그 후 간노는 같은 해 1908년 3월에 도쿄에서 신문기자로 복귀했습니다. 아라하타는 일단 오사카로 돌아갔습니다만, 이 또한 잽싸게 그만두고서는 다시 도쿄 오쿠보大久保 햐쿠닌초百人町에 있는 간노의 집으로 흘러들어갔습니다. 아니, 남편이 퇴근하는 것처럼 돌아갔는지도 모릅니다. 이곳도 가시와기柏木의 사카이 도시히코堺利彦나 오스기 사카에大杉栄의 집과도 가까웠습니다. 한편 이때 고토쿠幸徳는 병으로 인해 일 년 전 가을에 도쿄의 집을 비우고 고향인 도사土佐 나카무라中村에 들어박혀 크로포트킨의 『빵의 정복』을 번역하고 있었습니다.

봄이 되었지만 그해는 눈이 상당히 많이 내렸다고 합니다. 간노와 아라하타가 머물던 곳은 옥상에 내린 눈을 치우지 않아 아침 무렵에 눈의 무게로 처마가 무너져 내려, 동지들이 달려와서 수리를 해 주었던 경우도 있었다고 합니다. 그러던 중 아라하타는 다시금 이 집에서 나와 가시와기 일대의 젊은 동지들의 집에 머물며 돌아다니는 일이 잦았습니다. 얼굴을 마주치면 간노로부터 퉁명스럽게 되받아치는 말에 화가나, 아라하타는 5월이 되어서는 동지 한 사람과 함께 가시와기柏木에 따로 방을 빌려서는 나와 살았습니다. 간노에게 있어서 이때가 바로 둘이 결별한 날이 되겠습니다.

그러고 나서 이윽고 '적기사건赤旗事件'이 6월 22일에 발생합니다.

앞서서 말씀드렸던 바와 같이 이 사건은, 석방된 동지들의 환영회에서 아라하타나 오스기 등이 붉은 깃발을 들고 거리로 나가려고 하던 참에 일어났습니다. 경찰 측은 급진파 사회주의자들을 이렇게 일제히 검거할 기회를 기다고 있었을 것입니다. 여기에 휘말려들게 된 간노는 결국 무죄판결이 내려져 석방되었습니다만 이때 체포된 것 때문에 그녀는 『마이니치전보每日電報』의 기자직을 잃고 말았습니다. 한편 아라하타는 벌금과 지역 1년 반의 실형을 언도받고 다른 8명의 동지들과 함께 지바千葉 형무소에 이감되었습니다. 다만 고토쿠는 고향인 도사土佐에서 요양 중이었기에 체포를 면할 수 있었습니다.

그 외에도 도쿄 이외의 지역에서 지내고 있던 동지들도 '적기사건赤旗事件'으로부터 화를 면할 수 있었습니다.

예를 들어 기슈紀州 신구新宮에서 병원을 하고 있던 오이시 세노스케大石誠之助(오이시 로쿠테大石禄亭의 본명)와 그의 동지들을 들 수 있겠습니다. 스기무라 소진칸이 『아사히신문朝日新聞』에 기고한 「고토쿠 슈스이 전격 인터뷰」라는 기사에서 오이시는 고토쿠가 지병이었던 약을 처방받은 의사로 이름이 올랐었던 것을 기억하시죠?

신구라는 마을은 기이반도紀伊半島의 남단에서 가까운 구마노강熊野川라는 수량이 풍부한 강의 하류 부근입니다. 물론 당시에는 아직 철도가 개통되어 있지 않았기 때문에 동쪽에 위치한 나고야名古屋 방면으로 가려고 해도, 서쪽의 오사카大阪, 고베神戸 방면으로 가고자 해도 배를 타고 가야만 했습니다. 그래서 그들은 도쿄에 어떤 일이 있어났는지도 모른 채 지방에서 살고 있던 것입니다.

고토쿠는 사건 소식을 고향인 도사 나카무라中村에서 들었습니다. 도쿄에서 보자면 그곳은 더욱 먼 지방입니다. 그러나 그는 급진파의 운동의 선두에 섰었던 사람으로서의 책임을 느꼈기 때문에 병든 몸을 이끌고 7월 하순 도쿄를 향해 고향을 떠났습니다. 재판이 도쿄에서 시작되는 것은 8월 중순이었기 때문에, 도중에 지방에 살고 있는 동지들이 있는 곳을 찾아가 상담 등을 하면서 도쿄로 들어가자는 생각이었습니다.

고토쿠가 먼저 향한 곳은 기슈 신구의 오이시 세노스케大石誠之助가 있는 곳이었습니다. 오이시는 그해 41세로, 고토쿠보다 네 살, 사카이 도시히코보다는 세 살 연장자로 나쓰메 소세키와는 동갑이었습니다. 그가 고토쿠와 그의 동지들의 사회운동에 직접 참여한 것은 아니었습니다. 다만 일이 있을 때마다 상당한 액수의 자금을 원조하기도 했으며, 또한 그는 미국으로부터 사회주의 그리고 무정부주의의 문건 등도 직접 들여와 읽고 있었기 때문에 고토쿠와 그의 동지들 사이에서 그의 식견과 해외 경험 등에 대한 신뢰가 높았습니다. 고토쿠는 7월 말 무렵부터 8월 상순에 걸쳐 신구新宮의 오이시大石 집에서 머물렀습니다.

쾌청한 여름 밤, 7월 30일에 있었던 일입니다.

오이시는 고토쿠를 뱃놀이에 초대하여 자택 뒤에 위치한 선착장에서 작은 배를 함께 탔습니다. 동행자는 아이를 포함해서 오이시의 가족이나 친척, 가정부 그리고 가까운 곳에 사는 친한 목사 등의 사람들로 구성되었는데, 뱃사공을 고용하여 태평양 쪽 바다의 하구 부근에서 가까운 구마노강熊野川의 넓은 강을 유람했습니다. 피폐해진 몸을 이끌고 이제부터 도쿄로 향하는 고토쿠에 대한 오이시 나름의 위로 모임이었던 것이겠죠. 그런데 오이시가 이 작은 체구의 병약한 친구에게 어둡고 불안한 예감을 갖고 있었다고 생각할 만한 부분이 있습니다.

오이시는 이미 크로포트킨의 저작을 영어로 읽은 적이 있었기 때문에, 그의 사상이 온건하다는 것을 이해하고 있었습니다. 크로포트킨의 사상의 근원에는 각자의 자유, 자립, 상호부조를 존중하는 자세가 깔려 있었으며 그가 어떤 점에서도 테러를 정당화하는 일 따위는 없다는 점도 잘 알고 있었습니다. 오이시는 그의 온건한 급진주의에 친근감을 품고 있었습니다. 또한 그는 예전 북미 서부에서 요리사로서 일하면서 현지 대학에서 의학을 공부한 적이 있어 자신 나름의 궁리를 곁들인 서양요리를 만드는 것에도 뛰어난 재능을 보였습니다. 게다가 도도이쓰都々逸● 라는 속요의 사범이기도 했습니다. 그는 유머 없이 인생을 보내는 것은 불가능하다고 생각했을 터입니다.

● 【역주】 도도이쓰都々逸 : 주로 남녀 간의 애정을 노래한 7·7·7·5조의 속요.

물론, 고토쿠도 크로포트킨의 성향을 잘 알고 있었습니다. 원래부터 고토쿠는 테러리즘을 신봉할 만한 성격이 아니었습니다. 그는 언론인, 나쁘게 말해서 당시의 표현을 빌리자면 '말만 잘하는 사람', '말뿐인 사람'이라고 할 수 있겠습니다. 그렇지만, 그는 명문장가였습니다. 품격 있는 비장함으로 사람들에게 호소하는 격문에 능했습니다. 그는 작은 체구에 연약한 사람이었지만, 그의 얇고 높은 목소리의 연설에는 박력과 뜨거움이 있어, 그에게는 사람들을 매료시키는 무언가가 있었다고 합니다.

이런 점에 있어서 그들 급진파의 또 한 명의 리더 격 인물인 사카이 도시히코堺利彦의 문장과는 전혀 달랐습니다. 사카이의 문장은 언제나 구어체의 산문이었습니다. 어린아이가 들어도 알기 쉬웠습니다. 그리고 그의 글에는 항상 유머가 담겨 있었습니다. 이에 반해 고토쿠가 쓴 문장은 한문조의 시적인 문장이었기에 박력이 있었습니다. 하지만, 그러한 한문에 대한 교양으로부터 멀어져버린 백 년 후의 세대인 저에게 그의 글은 상당히 낡은 느낌을 주는 데다가 이해하기 쉽지 않습니다. 그렇지만 당시의 독자들에게는 읽는 사람을 매료시키는 힘이 있었습니다. 그 스스로도 자신의 문장에 취하면서 글을 쓰지 않았을까 생각됩니다. 로맨틱한 문장, 그 점이 사카이 도시히코의 간명하고 알기 쉬운 문장과 명확하게 대조되는 부분이었습니다. 억지로 고토쿠와 테러리즘을 연관시키고자 한다면, 그의 로맨틱한 부분을 꼬투리 잡을 수 있을지도 모릅니다.

이는 유머의 있고 없음과도 관련된 문제입니다. 사카이의 문장은 언제나 유머러스합니다. 유머라는 것은 자신을 향한 야유와 빈정거림 그리고 시니시즘과 연관되어 있기 때문에, 오직 한 가지 관념만을 추구하는 테러리즘과는 연관시키기 어렵습니다.

만일 오이시가 의사로서 고토쿠를 판단한다면 문장의 진지함, 로맨티시즘이 그의 신체의 깊은 병과 얽혀 더욱 위험한 방향으로 향하지는 않을까라는 걱정스러운 마음도 싹텄을 지도 모릅니다. 그렇지만 오이시가 완전히 이와 같은 테러리즘을 부정하는 인간이었는가라고 한다면 그것은 또 그렇지는 않다고 생각됩니다. 인간은 마음속에서 테러리즘을 상상할 때가 있기 마련입니다. 어느 쪽이 위험한가라는 문제도 아닌 것 같습니다. 오히려 분명한 것은 상상 속의 테러까지 금지하고자 하는 것이, 오히려 정치적 테러를 낳게 된다는 점입니다. 그리고 만일 오이시가 그런 걱정을 품었다고 한다면, 무언가 자신 스스로도 짚이는 부분이 있었기 때문임이 분명합니다.

여기 신구新宮와 그 주변에도 언제나 가난하고 끊임없이 학대당하는 사람들의 마을이 있었습니다. 오이시는 의사로서 그러한 상황을 잘 알고 있었습니다. 그는 이런 마을 사람들에게 왕진을 가는 유일한 지역 의사였습니다.

그는 방치된 마을로 왕진을 갔었습니다. 가구도 식기도 없고 오직 황폐하고 어두운 작은 방 안에 피골이 상접할 정도로 마르고 병든 아이가 누워 있었습니다. 어머니는 제대로 된 옷도 없는 듯, 품이 짧은 속옷과 지저분한 앞치마만을 두른 채, "아이가 이렇게 어질러 놓아서 그만……", "더워서 이런 차림을 하고 있으니 양해해 주세요"라고 계속해서 변명하며 사과를 했습니다.

물론 그들에게 답례로 지불할 수 있는 돈 따위가 있을 리 만무합니다. 그렇지만 오이시는 이러한 집들을 방문하면 할수록, 그보다 더욱 본질적인 문제가 무엇인지 점차 이해할 수 있게 되었습니다. 그것은 빈곤한 사람들을 대개 자신들의 가난함을 감추고자 하는데, 그렇기 때문에 부유한 사람들은 그들의 존재로부터 눈을 돌린 채 살아갈 수 있다는 것이었습니다. 빈곤한 사람들은 지불할 사례가 없다는 것을 부끄러이 여기면서 의사에게 진료를 받는 것을 사양합니다. 그들은 돈을 지불하지 못하고 진료를 받을 바에야 차라리 괴로움 속에서 의사에게 진찰을 받지 않고 견디는 것을 선택하고 조용히 죽어간다는 것입니다. 이와 같은 세계의 구조는 여간 고치기 어려울 뿐만 아니라 암묵적으로 은폐되어 있습니다.

젊었을 때 그는 단신으로 미국 서해안으로 건너가, 백인 가정의

잡역부와 요리사로 일하면서 대학에서 의학을 공부해서 의사가 되었습니다. 그리고 일본계 이민자들이 연어잡이나 통조림 공장에서 일하고자 모여드는 캐나다의 어촌마을에서 심각한 전염병이 만연하는 중에서도 진료를 한 적도 있었습니다. 그곳에서 고향인 신구新宮에 돌아와 한 번 더 전염병에 관한 연구를 할 필요가 있다는 점을 재인식하고 싱가포르 그리고 인도의 뭄바이로 건너갔던 적도 있었습니다. 세상 어디에고 빈곤한 사람들이 방치되어 버려진 장소가 있었습니다.

이러한 현실을 접하고, 게다가 그러한 상황이 전혀 개선되지 않는 사회 부조리에 직면했을 때, 그 누구라도 마음속에 얼마간의, 예를 들어 일순간이라고 할지라도 테러리즘의 유혹이 자리 잡게 되는 것은 아닐까요? 여러분 상상해 보세요. 그러한 마음을 완전히 부정하는 것을 통해 사회정의가 존재할 수 있다고 생각하시나요?

오이시는 아마도 자기 자신의 마음속에도 짚이는 것이 있었기 때문에, 앞으로의 고토쿠를 어느 정도는 걱정하고 있었다고 생각합니다. 그렇지만 그는 그것을 입 밖에 내는 유형의 인간은 아니었습니다. 어딘가 항상 수동적인 인간이었습니다. 예를 들어 그가 그러한 사람이었기 때문에 그것이 그의 운명을 좌우했다고 하더라도 그것은 어쩔 수 없는 일이라고 말할 수밖에 없습니다.

러일전쟁하에 전쟁에 반대하는 입장을 고수했던 주간 『평민신문平民新聞』은 지속적인 정치적인 탄압을 받아, 폐간되기에 이릅니다. 게다가 고토쿠는 5개월 동안의 수감생활까지 견뎌내야만 했습니다. 그는 석방되자 병약한 몸을 요양할 겸, 배를 타고 미국 서해안으로 건너갔습니다. 오이시도 그의 요양에 상당부분 원조를 제공했습니다. 샌프란시스코 주변에도 소규모이기는 했지만 재미 일본인들에 의한 사회주의운동이 조직되어 있었기 때문에 고토쿠에게는 그들 혹은 미국인 운동가들과의 연계도 구체화시키고자 하는 바람이 있었습니다.

그런데 그때 터무니없을 만큼 커다란 재난이 그들을 덮쳤습니다. 1906년 4월 18일, 이른 새벽의 샌프란시스코 대지진입니다. 대략 40만 명이 피해를 입었다고 전해집니다.

고토쿠는 우연치 않게 그때 마침 이 도시에 있었습니다. 그리고 눈앞에서 벌어진 풍경에 놀랐습니다. 거리의 사람들이 즉시 식료품을 운반하고 병자와 부상자를 수용하거나 간호했으며, 불탄 흔적을 정리하고 피난소를 설치하여 운영하는 등 누가 명령하지 않았음에도 질서 정연하게 일손을 나누어 모두가 자발적으로 움직이는 것이었습니다.

따라서 그는 고국의 동지들의 기관지 편집부에 「무정부 공산제의 실현無政府共産制の実現」이라는 제목을 붙인 단신을 서둘러 보냈습니다.

> 나는 이번 샌프란시스코 대지진에서 유익한 지식을 얻을 수 있었다. 그것은 다름 아니라 18일 동안 샌프란시스코 전체가 완전히 무정부적

공산제Anarchist Communism의 상태에 있었다는 것이다.

상업은 모두 멈췄으며 우편, 철도, 부근가지의 기차는 모두 무료. 식료품은 매일 구조위원에 의해 배급되었다. 식료품의 운반이나 부상자 수용 및 치료, 그리고 불탄 흔적의 정리나 피난소의 설치 및 운영 등에 모든 장정들이 의무적으로 참여하여 일했다. 물건을 사려고 해도 상품이 없기 때문에 돈은 완전히 무용지물이 되었다. "사유재산은 완전히 소멸되었다." 흥미롭지 않은가. 그렇지만 이 이상적인 세상도 수주일 동안만 계속되었을 뿐, 다시 원래의 자본주의제도로 돌아갔다. 안타까운 일이 아닐 수 없다. (샌프란시스코 4월 24일)

사회 속에서 오랫동안 고립되어 왔던 경험으로 인해 고토쿠에게는 자그마한 희망이 너무나도 크게 평가되고 있었던 것 같습니다. 사람은 이와 같은 유혹에서 완전히 벗어나는 것이 불가능합니다. 다만 과거의 자신의 잘못을 다시금 생각하는 것을 통해 잘못의 폭을 조금씩 억제해 나아가는 것이겠죠.

자신이 만일 암살자가 된다면 어떨까라고 상상해 보는 일은 누구에게나 있을 수 있는 일입니다. 보통 흔하게 있을 수 있는 일입니다. 이성과 잘 사귀어 결실을 맺는 것, 피범벅의 살인자가 되는 것, 누구라도 상상 속에서는 한 번쯤 해 봤을 봄직한 일입니다.

러일전쟁 이후, 사회주의운동에 대한 일본 내의 과도한 탄압이 이러한 급진화를 불러왔다는 것은 부인할 수 없습니다. 아무리 잔

혹한 탄압도, 상대방이 의지하고 있는 정의감의 근거를 소멸시킬 수는 없기 때문입니다.

혹시나 해서 말해 두자면, 미국에서 일본으로 돌아온 고토쿠 슈스이가 자신의 상상 속에서 강조한 것은 테러리즘이 아니었습니다. 그가 새롭게 주장한 것은 단지 노동자의 '총동맹파업' 즉 일본 전국의 노동자들이 일제히 파업을 하자라는 것이었습니다.

말하자면 그는 선거를 통해 의회에서의 혁명을 하는 것을 더 이상 꿈꾸지 않는다고 단언했습니다. 예를 들어 무산정당無産政党이 선거에서 국회의원을 탄생시킬 수 있다고 하더라도 그들의 주장은 의회에서 계속해서 약화되고 흔들리고 왜곡되어 언제까지고 목표에 도달할 수 없다는 것이었습니다. 즉, 아킬레스는 거북이를 추월할 수 없다는 말입니다. 선거에 숨겨진 교묘한 거짓말에 속지 말라는 말입니다.

이후 우리들의 경험을 통해 보면 일리가 있다고 생각하지 않습니까? 아닌 게 아니라 레닌도 고토쿠와 같은 말을 했습니다. 그럼에도 레닌은 레닌이 만든 정치를 넘어설 수 없다는, 종류만 다를 뿐 거의 일치하는 역설은 여전히 그곳에서도 계속해서 살아 있었던 것입니다.

어찌되었든 이렇게 고토쿠와 동지들은 일본 사회주의운동의 급진적인 일파로, 말하자면 '직접행동파'에 해당한다고 하겠습니다. 스스로도 그렇게 불렀다고 하니까요. 한편, 점진적 일파 쪽은 '의회정책파'라고 불렀다고 합니다.

이런, 또 이야기가 샛길로 새고 말았네요.

어찌되었든, 1908년 7월 말의 저녁, 기슈紀州 신구新宮의 구마노강熊野川에서 열린 뱃놀이는 나중에 이야기할 '대역사건大逆事件'에서 한 번 더 중요한 장면으로 돌아오게 됩니다. 즉, 이 배 위에서 고토쿠와 오이시 일행들 사이에서 메이지 덴노 암살에 사용된 폭탄제조의 모의가 이루어졌다는 용의가 바로 그것입니다.

●●●

필기체로 쓴 펜 문자의 행방에 관하여

아라하타 간손은 '적기사건赤旗事件'으로 징역 1년 6개월의 판결을 받고 지바千葉 형무소에 수감되었습니다.

간노 스가코는 오스기 사카에의 부인 호리 야스코堀保子와 함께 지금까지 살고 있던 곳과도 가까운 가시와기柏木의 '가미야소神谷莊'라는 중국인 유학생들의 기숙사에 식모로 들어가 살게 됩니다. 유학생들 사이에 섞여 마찬가지로 유학생 신분이었던 중국의 혁명가들도 드나들던 집이었습니다. 호리의 남편이었던 오스기도 '적기사건'으로 징역 2년 6개월을 선고받고 아라하타와 같은 지바 형무소의 독방에 수감되었습니다.

지바 형무소로 이감되자 아라하타는 바로 간노에게 편지를 써서 책의 차입 등을 부탁했습니다. 당시 형무소법이 새롭게 지정되었는데, 이에 따라 친족과의 면회나 편지도 격월 1회로 지정되는 등 엄격하기 그지없는 법률이었습니다. 그래서 더더욱 한 번의 편지에 여러 가지 것들을 부탁하려고 하다 보니 옥중에서의 문장도, 심부름도 매끄럽지 못했습니다.

아라하타는 전부터 스승에 해당하는 사카이로부터 옥중에서 영어를 제대로 공부해두지 않으면 안 된다는 다짐을 받았습니다. 또한 형님뻘인 오스기 사카에는 원래부터 어학에 재능이 있던 사람으로, '한 번 투옥될 때마다 외국어를 하나 습득한다一犯一語'는 것을 목표로 하고 있었는데, 이들에게 자극을 받아 아라하타도 어깨에 힘이 잔뜩 들어가 있었습니다.

'조금은 무모하기는 하지만 버넷이 번역한 투르게네프 전집을 차입 받아 무작정 이것에 매달렸다.'
라고 후의 자전에서 밝히고 있는데, 여전히 어깨에 힘이 들어가 있는 듯합니다.

여기서 '버넷'이라고 하는 것은 아마도 가넷을 잘못 쓴 것일 것입니다. 콘스탄스 가넷Constance Garnett은 영국의 여성 번역가로 투르게네프를 시작으로 톨스토이, 도스토옙스키, 체호프, 고골 등 러시아 문호의 작품을 중심으로 거의 모든 작품을 닥치는 대로 번역했던 인물입니다.

아라하타는 그뿐만 아니라…… 셰익스피어의 비극, 루소의 『고백』, 도스토옙스키의 『죄와 벌』, 레르네스트 르낭의 『예수의 생애』, 크로포트킨의 『한 혁명가의 회상』 등의 책들을 옥중에서 영어판으로 읽었다고 했습니다.

그중에서 도스토옙스키의 『죄와 벌』의 영역본인 *Crime and Punishment*는 옥중에서 읽은 것을 아라하타 자신이 만년까지 갖고 있었습니다. 그래서 실제로 그 책이 남아 있습니다. 역자는 프레드릭 위쇼Frederick Whishaw로, 이 작품은 가넷보다도 한 세대 전의 번역으로, 위쇼는 러시아에서 태어난 영국작가였습니다. 당시 일본에서는 아직 가넷에 의한 도스토옙스키의 번역까지는 입수할 수 없었는데, 그녀가 번역한 『죄와 벌』이 간행되는 것은 조금 더 나중의 일이 됩니다. 참고로, 『죄와 벌』은 도스토옙스키의 작품 중에서도 매우 일찍 일본어로 번역되었는데, 1892년 평론가 우치다 로안內田魯庵에 의해 번역되었습니다. 이것도 프레드릭 위쇼에 의한 영역본에 대한 중역重訳이었습니다만, 전반부의 번역이 간행되고 나서는 출판이 중단되어버리고 말았습니다.

우선 표지를 열면 제일 첫 페이지의 흰 면의 오른쪽 위에

K. Arahata, in the prison at Chiba, in 1909.

라고 펜으로 기입한 문구가 있습니다. 이것은 아라하타가 옥중에서

자신이 쓴 것이겠죠.

한편 속표지 위의 여백에는 앞선 것보다도 예쁜 필기체의 펜글씨로,

With Compliments of Suga Kanno

To Mr. K. Arahata

라고 쓰여 있습니다.

'아라하타 간손 씨에게 간노 스가가 드립니다'

라고 할 수 있겠는지요. 뭐라고 해야 할까, 공부를 잘하는 여학생이 노트에 망설임 없이 펜으로 슥슥 쓴 것 같은 필적입니다.

이것은 상당히 격식을 차린 인사말이죠. 부인의 입장에서 쓴 것과는 다른 느낌이 듭니다. 이것을 메이지기 일본 여성이 썼다고는 바로 믿기는 어렵습니다. 꾸밈은 없습니다만 잘 정돈된 서체입니다. 도대체 그녀는 어떤 기회로 이런 영문 서체를 익힐 수 있던 것일까요? 간노에게는 『무로신보牟婁新報』에서 일하기 전 도쿄의 도시샤同志社라고 하는 영어학교의 미망인 선교교사의 집에서 기숙하면서 가사를 도와주었던 시기가 있었다고 합니다만, 그런 경유로 이런 필체를 습득할 기회가 있었을 지도 모릅니다.

아라하타 간손은 93세의 나이로 장수했습니다.

실은 이 메모가 들어 있는 *Crime and Punishment*를 아라하타는

만년에 간노 스가코의 전기소설을 쓴 여성 작가에게 마지막으로 선물을 했습니다. 어지간히 그녀가 좋았던 것이겠습니다만, 그뿐만 아니라 전기소설에 협력했던 그도 그녀의 책이 완성되었다는 것에 안심했던 것은 아닐까요?

아라하타라고 하는 인물은 젊었을 때부터 노년에 이르기까지 이처럼 여성에게 귀여움을 받던 사람이 아니었던가 하고 생각하게 됩니다. 사진을 보자면 젊었을 때뿐만 아니라 나이가 들어서도 나름대로 깔끔한 얼굴을 하고 있으니까요.

●●●

요정들의 방문

1908년 후반부터 1909년까지의 날들이 그렇게 지나갔습니다. '적기사건赤旗事件'의 충격으로 제1차 사이온지 긴모치西園寺公望 내각은 총 사퇴하고 이를 대신해 보다 강권적인 경향을 가진 가쓰라 다로桂太郎에 의한 두 번째 내각이 출범했습니다.

이러한 와중에 성급하게 '덴노 암살'에 집착하는 인간도 고토쿠의 주변에 드나들기 시작했는데, 조금은 불길한 느낌이 드는 점이었습니다. 왜냐하면 이런 말을 담는 사람들은 지금까지 고토쿠와 동지들 주변의 사회주의운동에 참여했던 인물들과는 전혀 관계가 없었던 사람들이었기 때문입니다. 갑자기 나타나서는 암살이라는 등의 말들을 꺼내는 겁니다. 있잖아요, 아일랜드의 W. B. 예이츠가 "떠돌아다니는 노파의 모습을 한 불길한 요정"이 돌아다닌다고 묘사하기도 했었죠. 바로 이런 느낌이었을까요. 고토쿠와 동지들, 그곳에서 살고 있는 당사자들은 이렇게 찾아오는 사람들로부터 숨을 방법이 없었던 것입니다. 그런 시점에서 이들과 나누는 대화는 막연하게 '동지'들과 나누는 대화처럼 되어버립니다. 마치 비밀을 공유하고 있는 것과 같은 대화처럼.

1909년 3월 초에는 고토쿠가 부인 지요코千代子에게 억지로 그리고 일방적으로 이혼을 통보했습니다. 지요코는 어쩔 수 없이 나고야의 언니 부부가 살고 있는 곳에 몸을 의탁하게 됩니다.

이보다 앞서 고토쿠의 자택인 '평민사平民社'는 가시와기柏木로부터 조금 떨어진 스가모巣鴨라는 곳으로 옮겨갔습니다. 다만, 한동안 이곳에서 살았는데, 집주인이 감시하고 있는 형사 등을 싫어해, 이제 나가줬으면 한다고 통보를 해 왔습니다. 이때 이미 간노 스가코는 비서라는 명목으로 이 집에 들어앉아 있었습니다.

얼마 있어 간노는 센다가야千駄ヶ谷의 선로 옆에 적당한 빈 집을 찾아냈습니다. 지요코가 떠나고 얼마 지나지 않는 3월 중후반에 고토쿠가 그곳으로 이사하고 나서 곧 간노도 이곳으로 이사를 왔습니다. 이곳이야말로 스기무라 소진칸이 「고토쿠 슈스이 전격 인터뷰」 기사에서 방문한 곳이며, 또한 소세키의 『그 후それから』에서도 언급되는 센다가야의 '평민사平民社'인 것입니다.

이때 이사를 도와준 것이 니무라 다다오新村忠雄와 몇몇 인물들이었습니다. 니무라는 신슈信州 야시로屋代 출신의 윤택한 농가의 자제로 이제 막 22살이 된 젊은이였습니다. 그는 군마群馬의 다카사키高崎에서 발행되는 『도호쿠평론東北評論』이라는 잡지의 발행인을 맡자마자 해당 호의 내용이 불온하다는 죄로 2개월간 투옥되어, 그해 2월 초에 석방되었습니다. 고향의 어머니가 불같이 화를 냈기 때문에 돌아가지도 못하고 그대로 상경하여 '평민사'에서 서생이 되어 몸을 의탁하고 있었던 것입니다. 센다가야로 '평민사'의 이전이 끝나자 니무라도 현관 옆의 작은 방에 계속 서생으로 기거하게 되었습니다.

미야시타 다키치宮下太吉라고 하는 남자가 스가모의 '평민사'를 방문한 것이 이 1909년 2월 13일이었습니다. 이 남자는 아이치현愛知県에서 일하는 30대 중반의 실력 있는 기계공이었습니다. 2년 정도 전에 일간 『평민신문平民新聞』을 읽고 나서 그는 사회주의를 접하고 알게 되었습니다. 그 이후 이에 대한 세상의 무관심을 타파하기 위해서는 폭탄을 덴노에게 던져, 덴노도 같은 피를 흘리는 인간이라는 것을 알려 사람들의 미신을 깨뜨릴 필요가 있다는 생각을 가지게 됩니다.

고토쿠는 이런 생각을 밝히는 미야시타에게 장래에 이러한 것을 실행할 인간이 나올지도 모른다는 정도로 대답하고는 더 이상 제대로 상대를 해 주지 않았습니다. 그렇지만 동석하고 있던 젊은 니무라 다다오는 이 이야기를 열심히 듣고 있었는데, 그날 밤부터 그의 머릿속에는 폭탄이라는 말이 떠나지 않게 되었습니다.

5월이 끝날 무렵 미야시타는 센다가야의 '평민사'의 고토쿠 앞으로 폭탄의 제조법을 알게 되었으니 이제부터 목적을 달성하기 위해 움직일 작정이라는 편지를 썼습니다. 그날은 고토쿠와 간노가 준비해 온 『자유사상自由思想』 제1호가 완성된 날인 동시에 발매금지 처분을 받게 된 날이기도 합니다. 미야시타에게는 고토쿠가 아니라 간노 스가코의 이름으로 된 답장이 전해졌습니다. 편지에는 '나는 여자지만 당신이 이루고자 하는 일에 협력할 결심을 했으니 상경했을 때 만나보고 싶다'는 내용이 있었다고 합니다.

6월 초순 미야시타는 신슈信州 아카시나明科의 제재소로 직장을 옮기게 되었기 때문에, 도중에 도쿄에서 내려 신주쿠역新宿駅에서 가까운 센다가야千駄ヶ谷의 '평민사'에서 1박을 하게 됩니다. 이것이 6월 6일의 일로 이 날은 『자유사상自由思想』 제2호가 완성되어 '평민사'에 운반되어 온 당일이었습니다. 제1호와 마찬가지로 언제 압류 당할지 모르는 긴박한 분위기 속에서 고토쿠도 간노도 정신없이 비밀 발송 작업에 한창이었기 때문에 미야시타는 제대로 이야기도 나눌 수 없었습니다. 날이 밝아 작업이 일단락되어 잠들기 전에서야 미야시타는 아카시나明科에 가면 폭탄을 시험제작하여 드디어 실행에 옮기고자 생각한다는 것을 말할 수 있었습니다. 그러자 간노는 지금의 덴노는 인망이 있고 개인만을 놓고 봤을 때 좋은 사람이라고 생각하기 때문에 불쌍하기는 하지만, 이 나라의 최고 책임자이기 때문에 어쩔 수 없으며, 어떻게 해서라도 쓰러뜨릴 필요가 있다고 찬성의 의견을 냈다고 합니다.

다음날 아침, 스기무라 소진칸의 방문기사「고토쿠 슈스이 전격 인터뷰」의 2회분의 분량 중, '상'편이『아사히신문朝日新聞』에 게재되었습니다. 미야시타도 이 기사를 보면서 신슈信州 아카시나明科로 출발했을 터입니다. 이 집 앞으로 뒤로 사방에서 경찰들이 감시하고 있다는 기사였는데, 집 안에서 여기가 얼마나 삼엄한 감시하에 있는지를 언급하고 있는 방문 기사를 읽는 것은 어떤 기분이었을까요.

다만 이 날의「고토쿠 슈스이 전격 인터뷰」에는 앞서 말한 바와 같이 다음과 같은 고토쿠의 담화가 실려 있습니다.

"'덴노 일가에 위해를 가할 위험이 있다고 생각하는 것이겠지만, 누가 그런 바보 같은 짓을 한단 말이야'라고 고토쿠 슈스이는 웃으며 말했다."

'성실한 평판'을 주지 못했던 점

1909년 7월 15일, 간노 스가코는 『자유사상自由思想』 제1호, 제2호를 발매금지 후에 배포했다는 용의로 자택인 센다가야의 '평민사'의 병상에서 연행되었습니다. 더운 날이었지만, 한동안 결핵의 병세가 악화되어 누워만 있던 차에 경찰이 들이닥친 것입니다.

도쿄 형무소에서 간노가 지바千葉 형무소에 있는 아라하타에게 자신들이 이미 이혼해 있다는 것을 확인하고 그녀는 새롭게 고토쿠와 '결혼'했다고 알리는 서신을 보낸 것은 8월 14일의 일이었습니다. 곁에서 고토쿠와 간노의 생활을 도와주었던 소수의 젊은 동지들도 이미 옥중의 아라하타에 대한 두 사람의 '배신'에 반발하여 거의 대부분 떠나버린 상태였습니다. 간노가 아라하타에게 편지를 보낸 것은 형무소 밖에서 더욱 고립되어만 가는 고토쿠에 대한 마음씀씀이뿐만 아니라 언젠가 이 '배신'의 소문을 옥중에서 들을 것이 틀림없을 간손에게 소문보다 먼저 이 사실을 자신의 입으로 말하는 것이 옳다고 생각했기 때문이겠죠. 하지만 이 편지는 남아 있지 않습니다. 다만 아라하타가 그녀를 '노예시'했다거나 '사유재산시'했다는 표현이 있었다는 것을 그의 답장의 내용으로부터 짐작할 수 있을 뿐입니다. 아라하타가 그 답장을 쓴 것은 9월

6일이었습니다. 그는 그동안 속이 새카맣게 타들어가는 마음에 괴로워했을 것입니다.

그 편지를 통해 아라하타는 사카이, 오스기 등 같은 형무소의 동료들이 가족과의 면회 등을 통해 이미 이런 내용을 알고 있었음이 틀림없다는 것을 알게 되었습니다. 면회에는 반드시 입회자가 있었으며 서신은 모두 검열 당했기 때문에, 형무소 측 사람들도 모두 알고 있었을 것입니다. 그는 수치심을 혼자서 견뎌내야만 했습니다. 그렇지만 수많은 굴욕 속에 길들여지게 마련인 형무소에서의 날들은 그 나름대로 어떻게든 지나가게 되는 법입니다.

그가 간노에게 보낸 답장은 이렇습니다.

"…… 이 편지에서 무엇을 말하고자 하는지 잘 알았습니다. 상담이라든가 하는 형태가 아니라 통보라는 형식이기 때문에 정말 어떻게 답장을 해야 할지 모르겠지만, 어쨌든, '이데올로기의 이름으로 흔쾌히 승낙'합니다……. 어느 때보다 더욱 우리들이 평생 주장하고 고취해 오고 있는 일을 실행해야만 합니다. 그리고 나는 지금 여기에서 모쪼록 슈스이秋水 형님과 당신의 가정이 원만하고 행복하기를 마음 깊이 빌 따름입니다."

그리고 다음과 같이 첨언했습니다.

"사실을 말하자면 지금 나에게 있어서 이 파국은 상당히 괴롭습니다."

간노는 9월 1일에 도쿄 형무소를 출옥했으며, 이 편지를 세타가

야의 '평민사'에서 받았습니다. 당초 서생으로 이 집에 있었던 니무라 다다오는 봄부터 기슈紀州 신구新宮의 오이시 세노스케大石誠之助의 약사 견습을 하며 지내고 있었습니다. 평민사에서 서생으로 있어보았자 용돈조차 벌지 못하는 형편이었으니까요. 그렇지만 8월 말에는 다시금 고토쿠를 돕기 위해 니무라는 센다가야의 '평민사'에 돌아왔습니다. 지금에서야 고토쿠와 간노의 곁에 남아 있는 사람은 니무라 정도뿐이었습니다. 그렇지만, 그는 고토쿠의 추종자라기보다 오히려 간노와 미야시타 다키치 등의 비밀계획에 참여할 생각으로 움직이고 있었습니다. 사실 이해 여름, 신구에 있던 그는 폭탄에 쓸 염산칼륨을 입수하고 싶다는 의뢰를 신슈信州의 미야시타의 편지를 통해 받았습니다. 고용주였던 의사 오이시 세노스케에게는 비밀로 하고 그는 약사라는 점을 이용해 몰래 그것을 입수하여 미야시타에게 보내고 있었습니다.

서로 멀리 떨어져 있는 오이시 세노스케와 고토쿠의 우정에는 변함이 없었습니다. 고토쿠는 그에게 보내는 편지에 간노와의 관계를 둘러싸고 동지들 사이에서 고립되었다는 사실에 관해 솔직하게 말하기도 했습니다. 그렇지만 그들이 알지 못하는 곳에서 일어나고 있는 니무라 다다오의 움직임 등은 이후 오이시 세노스케의 입장을 악화시키게 됩니다.

9월 12일 『아사히신문朝日新聞』의 연재소설인 나쓰메 소세키의 『그 후それから』에서, 이 센다가야의 집이 경찰로부터 삼엄하게 감

시를 받고 있다는 소문이 주인공인 다이스케代助의 친구이자 기자인 히라오카平岡의 입을 통해 상당히 우스꽝스럽게 묘사됩니다.

그렇지만,

> 이것도 다이스케代助의 귀에는 들 들어오지 않았다.

라고 묘사하고 있습니다. 왜 그랬을까요?

작가 소세키는 너무 진지한 정치담론을 좋아하지 않았음에도 불구하고 '시사적 유머의 표본'으로서만 사회주의자와 관헌의 대화를 넣는 것에 무언가 공정함이 결여된다고 느꼈던 것 같습니다.

이는 안중근이 만주의 하얼빈역에서 이토 히로부미를 저격하기 약 한 달 전의 일이었습니다.

형무소 벽에 쓰인 이야기

1910년으로 접어들자, 그해 2월부터 기슈紀州 신구新宮의 오이시 세노스케大石誠之助는 『선셋サンセット』이라는 월간 문예잡지를 고향에서 친한 목사와 함께 발행하기 시작했습니다. 8페이지로 구

성된 타블로이드판으로 신문과 같은 형태였습니다. 오이시가 특히 힘을 기울였던 것은 러시아어, 독일어 그리고 유태인 작가의 이디시어Yiddish로 쓰인 해외 단편문학의 번역이었습니다. 모두 영어판을 바탕으로 한 중역重訳이었습니다.

4월 발행된 『선셋』 3호에 그는 도스토옙스키의 「성직자와 악마僧侶と悪魔」라는 작품을 번역했습니다. 제목대로 정교회의 성직자와 악마 사이의 대담으로 구성된 이야기입니다.

교회의 호화로운 제단에 서서 눈부시게 아름다운 법의를 두른 성직자가 빈곤해 보이는 노동자나 농민을 앞에 두고 이야기합니다.

> 더욱 많은 공물을 교회에 바치라. 강권에 복종하라. 지상의 권문에 반대하지 말라. 신의 말씀을 거역하는 것이 얼마나 큰 죄인가를 알고 있는가? 그렇다, 악마가 너희들을 꼬드겨 영혼을 시험하고 있는 것일지니…….

성직자가 교회의 단상에서 이런 설교를 하고 있을 때, 악마가 근처를 지나고 있었습니다. 그리고 자신의 이름을 성직자가 이야기하는 것을 듣고 교회의 창문으로부터 이러한 모습을 엿보았습니다. 결국 악마는 성직자가 교회에서 나오는 것을 잡아채서 거꾸로 매달았습니다.

> 이거, 살찐 꼬맹이 성직자가 아닌가! 너는 어찌하여 무서운 지옥의

고통 따위를 묘사하여 이런 불쌍하고 몽매한 사람들을 속이는가? 너는 그들이 이미 생지옥 속에서 살고 있다는 것을 모른단 말인가? 지금 너희들의 국가의 강권이라는 것이 지상에 나온 나, 그러니까 악마의 대표자라는 것을 모르는가? 네가 그들을 협박하는 도구로 삼는 지옥의 고통은 사실 너희가 만들어 낸 것이 아닌가? 뭐? 모르겠다고? 그렇다면 내가 알려줄 테니, 나를 따라오라!

그렇게 말하고는 악마는 성직자의 목덜미를 잡고, 노동자들이 불타는 더위 속에서 일하는 제철소로, 농민들이 굶주림과 채찍에 떠밀려 마구 혹사되고 있는 농지로, 추위와 악취로 가득 찬 그들의 거처 등으로 끌고 다녔습니다.

그렇다, 이것이 진정한 지옥이다…….

이 소설은 이렇게 끝나지만, 말미에 다음과 같은 단서가 붙어 있습니다.

이 이야기는 내가 형무소의 성직자에게 설교를 듣고 있을 때, 불현듯 떠오른 것으로, 그것을 지금 감방 벽에 써 둔다.

1849년 12월 13일

한 죄인이

아시겠나요?

이 말미에 있는 단서는 1849년 12월 13일로, 28세였던 도스토옙스키가 여기 상트페테르부르크의 네바Нева강 가운데의 모래톱, 저기 페트로파블롭스크 요새의 감옥에 수감되어 있었을 때의 날짜입니다. 그렇습니다, 페트라셰프스키의 사회주의 모임에 가담하여 체제전복 따위를 꾸몄다는 죄목으로 그에게도 사형이 언도되었습니다. 그 사건이 있었을 때의 이야기입니다.

감방의 벽에 이야기를 쓴 날짜로부터 9일 후인 12월 22일, 도스토옙스키와 동료들 21명 전원은 연병장으로 끌려나와 사형판결을 언도받고 처형이 진행될 찰나였습니다. 바로 그때 그곳에 니콜라이 1세의 특사가 급히 달려와 다시금 감형 판결을 선고했습니다. 바로 이 바보 같으면서도 잔인한 가짜 사형집행 연극사건을 배경으로 하고 있습니다.

즉 여기의 '한 죄인'은 도스토옙스키 자신을 가리킵니다. 그는 판결을 앞에 두고 생각난 이야기를 페트로파블롭스크 요새의 감옥 벽에 기록했습니다. 그것이 이 「성직자와 악마」라는 것이죠.

그런데 이것이 실제로 가능한 일일까요?

단편이기는 하지만 도대체 어느 정도의 시간이 주어져야 이만큼의 긴 소설을 감옥의 벽에 조용히 기록할 수 있을까요? 게다가 작가는 간수들의 손에 지워지지 않도록 이것을 독방의 어디에 썼을까요?

당연히 이것이 가능할 리 없습니다. 즉, 이러한 설정 자체가 모두 소설 작품의 설정인 것입니다.

그리고 한 가지 더 주의할 점이 있습니다. 이미 눈치를 채셨을지도 모릅니다만, 사실 세상에 알려진 도스토옙스키의 작품 리스트에는 그가 1849년에 썼다고 하는 이 「성직자와 악마」는 존재하지 않습니다.

왜일까요?

미국의 아나키즘 활동가 엠마 골드만Emma Goldman 등이 낸 『마더 어스*Mother Earth*』라는 잡지가 있습니다. 이 『마더 어스』 1910년 1월호에 도스토옙스키의 작품 "The Priest and the Devil"이 실려 있습니다. 즉, 오이시는 이 영문 작품을 일본어로 번역하여 「성직자와 악마」라는 제목으로 『선셋』 제3호에 게재한 것이겠죠. 오이시는 이 잡지를 배편으로 미국으로부터 받아, 정기구독하고 있었습니다. 미국 동부에서 발행된 잡지가 서해안으로 운송되어 그곳으로부터 배편으로 일본에 도착하기까지 약 1개월 정도 걸렸을 것입니다. 참고로 『마더 어스』 1910년 1월호는 기사를 둘러싼 트러블로 말미암아 간행이 1월 29일까지 늦어졌었다고 합니다. 즉, 오이시가 이것을 배편으로 입수하여 「성직자와 악마」를 번역하여 4월 15일에 발행되는 『선셋』 제3호에 실을 수 있었던 것으로 보아, 그는 상당히 솜씨가 좋았던 것이 틀림없습니다.

이어, 남은 문제는 도스토옙스키의 작품이라는 "The Priest and

the Devil"의 오리지널 러시아어판은 어디에 존재하는가? 라는 것입니다.

실마리는 아마도 『마더 어스』 편집의 중심인물인 엠마 골드만과 그녀의 저작 속에서 찾을 수 있을 것입니다. 그녀는 이듬 해, 1911년 초에 *Anarchism and Other Essays*라는 저서를 간행했습니다. 그리고 이 저서 속에 앞서 말한 "The Priest and the Devil"의 줄거리를 소개하며 다음과 같이 언급하고 있습니다. "…… 이 이야기는 반세기 전 암울했던 러시아에서 가장 무시무시한 감옥의 벽에 기록된 소설이다. 그렇다고는 하나 지금, 특히 미국의 형무소의 상황도 크게 달라지지 않았다 ……."

문득 생각이 들었습니다. 어쩌면 그녀가 바로 이 도스토옙스키였던 것은 아닐까 하는 것입니다. 즉, 그녀가 도스토옙스키의 이름을 빌려, "The Priest and the Devil"을 창작한 것은 아닐까 합니다. 엠마 골드만 자신도 암살미수 사건의 공범자로서 체포당해, 옥중생활을 겪은 적이 있습니다. 이와 같은 점을 고려해 볼 때, 앞선 문장은 한층 더 그녀 자신의 것이 아니었을까라고 하는 점을 강하게 암시하는 것 같습니다. 그렇다고 한다면 도스토옙스키의 "The Priest and the Devil"은 영어버전이야말로 오리지널이며, 러시아어로 된 원본은 그 어디에도 존재하지 않는다는 것이 되겠죠. 즉, 이 작품은 그녀가 쓴 도스토옙스키의 모작이라는 것입니다. 그리고 이것을 실행에 옮길 자격이랄까, 권리 아니 그보다 그녀 스스로가 이를 해내야만 할 의무가 있다고 강하게 자부하고 있었다고 생각할 만한 점이 있습니다.

첫째로 이 엠마 골드만은 원래 러시아어를 자유롭게 구사할 수 있는 사람이었습니다. 왜냐하면 그녀는 리투아니아 출신의 유태인으로, 1869년에 코브노Kowno에서 태어나, 16세가 되던 해에 러시아에서 함부르크를 경유하여 미국으로 이주했기 때문입니다. 즉, 연령상 고토쿠나 오이시와 동세대 인물로, 수많은 이민자 여공 중 한 명으로 뉴욕 주변에서 일했던 것입니다.

고향 집에서는 이디시어를 사용했을지도 모릅니다만, 우선 그녀가 러시아어를 거의 모국어와 다름없이 구사할 수 있었다는 것은 확실합니다. 왜냐하면 그녀는 13세 때, 이미 이곳 페테르부르크의 공장에서 일을 시작했기 때문입니다.

아버지는 페테르부르크에서 사촌이 경영하는 직물상점의 지배인이었습니다. 그렇지만 저자가 고향에서 이곳으로 이주해 왔을 때에는 이미 그 직물상점은 파산하고 난 뒤의 일이었습니다. 어머니는 손뜨개질로 만든 숄이 유행하고 있다는 것을 듣고 손뜨개질을 시작했습니다. 딸 엠마 골드만은 아버지의 사촌이 재기하기 위해 시작한 장갑공장에서 일했습니다. 비단장갑은 고가에 아름다운 물건이었지만, 그것을 만드는 공장 안은 엄청난 악취가 가득했다고 합니다. 몇몇 곳의 공장을 옮겨가며 일하다가 15세가 되었을 때에는 코르셋 공장에서 일을 했습니다. 그녀는 일을 하면서도 짬

짬이 체르니셰프스키Chernyshevskii의 『무엇을 할 것인가』, 투르게네프의 『아버지와 아들』, 곤차로프Goncharov의 『오블로모프』 등을 러시아어로 읽었다고 말했습니다.

숙부는 황제 알렉산드르 2세가 1881년에 암살된 뒤, 범인이었던 '니힐리스트'들과 관계를 맺고 있었다는 용의로 여기의 저 페트로파블롭스크 요새에 투옥되었습니다. 도스토옙스키가 그보다 약 30년 전에 투옥되었던 것과 같은 감옥이었습니다. 그리고 그 죄목도 유사하군요. 다행이 엠마 골드만이 이곳으로 이주해 왔을 때에는 이미, 숙부는 살아서 페트로파블롭스크 요새로부터 시베리아로 보내졌습니다.

이렇게 엠마 골드만이라는 소녀는 이 요새의 풍경을 매일같이 바라보면서 근무지였던 공장을 다녔습니다. 즉 "The Priest and the Devil"—「성직자와 악마」에서 묘사된 이 거리의 빈곤한 민중, 그것은 어느 정도는 그녀 자신의 이야기이기도 했던 것입니다.

그렇지만 하나 더 덧붙이자면 다음과 같은 설도 있습니다. 이 「성직자와 악마」 이야기의 원형은 모스크바 면직물 노동자들에게 노래로 전해지던 속요에서 찾을 수 있다는 것입니다. 러시아 노동자들 사이에서 그렇게 다양한 형태로 불렸던 이 이야기의 기원 또한 그들 속에서 점차 희미해져 갔습니다.

사실, 오늘 아침 호텔에서 절반은 얼어붙은 네바강의 다리를 걸어서 건너 페트로파블롭스크 요새 감옥을 다녀왔습니다. 저와 같은 일본인 입장에서 보면 저런 시설은 정말 기묘한 느낌을 줍니다. 높은 방벽이 섬 전체를 둘러쌓고 있는데 그 요새 중심부에 역대 황제 일족의 유해를 장사지내는 교회당이 있습니다. 한편으로 그 주위에는 많은 정치범들을 가두어 두었던 감옥도 있습니다. 게다가 또 조폐국까지 자리잡고 있는데, 이 화폐공장은 3백 년 가깝게 운영되어 왔으며 지금도 주조를 계속하고 있는 등, 여간 기묘한 것이 아닐 수 없습니다.

티켓을 사면 독방 안에까지 들어갈 수 있습니다. 크로포트킨, 트로츠키, 알렉산드르 울리야노프, 베라 키그넬 등등 독방에 수감되었던 죄인들의 이름이 각각의 방 입구마다 걸린 안내판에 써져 있습니다. 교도관의 등신대 인형도 있어 섬뜩하기는 합니다만 말이죠.

다만 예전 도스토옙스키가 수감되어 있는 옥사는 이미 철거되어 이제 더 이상 없다고 합니다. 그곳은 죄수들로부터 가장 두려움을 샀던 옥사였다고 들었습니다. 후에는 바쿠닌Bakunin 그리고 체르니셰프스키도 수감되었었다고 합니다.

번역 훈련

사실 고토쿠 슈스이도 마찬가지로 도스토옙스키의 작품인줄 알고 "The Priest and the Devil"을 번역했습니다. 그는 이 번역의 제목을 「악마悪魔」라고 지었습니다.

다만 그는 생전에 이 번역 원고를 어디에도 발표하지 않았습니다. 정확히는 발표하기 전에 '대역사건大逆事件'에 연루되어 체포당하여 사형을 당했다고 해야겠죠.

체포당하기 전부터 고토쿠는 실질적으로 집필 금지 상태에 놓여 있었습니다. 그에게 집필을 의뢰하면 그 잡지는 반드시 당국으로부터 보복성 판매금지 처분을 받게 되기 때문에 출판사로서도 그에게 원고 집필이나 번역을 부탁할 수 없게 되어 버렸던 것입니다. 그래서 이것이 도대체 어떤 저본底本을 보고 번역했는지에 관하여 밝히고자 하는 사람도 없었던 것이겠죠. 그의 사망 후 18년이 경과되고 나서야 이 원고는 저자 '도스토옙스키', '고토쿠 슈스이 번역'으로 좌익계열 문예잡지인 『문예전선文芸戦線』 1929년 2월호에 게재됩니다. 그러나 『고토쿠 슈스이 전집幸徳秋水全集』에도 이 번역은 '번역연도 불명'이라고 표기되어 있을 뿐, 번역의 저본 텍스트가 무엇이었는지에 관해서는 전혀 언급되어 있지 않습니다.

번역의 질은 앞선 오이시에 의한 번역과 비교하여 우열을 가리기 어렵습니다. 어느 쪽을 선택할 지는 취향이 아닐까 합니다. 오이시의 번역과 동일한 악마의 대사를 참고하면서 이번에는 고토쿠의 번역을 읽어보도록 하지요.

> 어이 이 살찐 난쟁이 승려 놈, 어째서 네놈은 이렇게 아무것도 모르는 빈민들을 그렇게 속이고 있는 것이냐. 어째서 네놈들은 지옥에 있는 자들이 이미 현세에서 지옥의 고통을 받고 있다는 것을 모르는가. 네놈도 이 나라의 권력자들도 모두 현세에서 이 몸의 대리인이라는 것을 스스로 눈치채지 못하는가? 네놈은 저자들을 지옥의 이야기로 겁주고 있지만, 저자들에게 지옥의 고통을 받게 하는 것은 네놈이다. 네놈은 그것을 모르는가? 좋아, 그렇다면 이 몸과 함께 가자.

오이시와 고토쿠 사이에는 일종의 암묵의 약속 비슷하게 서로 상대방이 이미 번역, 출판한 원고에 관해서도 자기가 다시금 번역해보는 것을 즐겼습니다. 특히 크로포트킨의 저작의 비밀출판에 관여하면서 서로의 번역을 비교해보았다고 합니다. 절반은 경쟁심의 발로에서 출발한 이러한 번역 연습은 지금까지 낡은 문어체의 명문名文의식에 사로잡혀 있던 고토쿠의 문체를 해방시키는 효과를 가져왔습니다.

그렇지만 이 "The Priest and the Devil"의 경우 고토쿠는 오이

시의 번역을 읽고 나서 자기도 번역을 시작한 것이 아닐 것입니다. 왜냐하면 그것이 가능한 시간이 고토쿠에게는 더 이상 남아 있지 않았다고 생각되기 때문입니다. 오히려 두 사람은 동일한 『마더어스』 1910년 1월호 지상에서 "The Priest and the Devil"을 발견하고 우연히도 흥미가 일치하여 도쿄와 신구新宮에서 각자 이것을 번역하기 시작했을 것입니다.

『선셋』 구독 신청서

이해 1910년 3월 22일, 고토쿠 슈스이와 간노 스가코는 도쿄 센다가야의 자택 '평민사'를 정리하고, 아타미熱海 부근의 유가와라온천湯河原温泉의 아마노야여관天野屋旅館으로 옮겼습니다. 거듭되는 출판탄압으로 말미암아 고액의 벌금 등이 쌓이고 쌓여 더 이상 두 사람은 벌금 대신에 실형으로 복역하는 것 이외에는 벌금에서 벗어날 방법이 없을 지경까지 궁지에 몰리게 되었습니다. 그렇지만 두 사람 모두 지병인 결핵을 몸에 안고 있어 몸이 더 이상 버틸 수 있을지 없을지 불투명하고 위험한 상황이었습니다. 그래서 고토쿠는 친한 친구의 권유를 받고 온천에 틀어박혀 대중을 상대로 한 역사 관련 저작을 집필하고자 했던 것입니다. 탈고하면 친구가 출판사에 다리를 놓아 어느 정도의 수입을 올릴 수 있을 터였습니다. 간노가 유가와라湯河原에서 4월 29일에 신구新宮의 오이시 세노스케 앞으로 쓴 엽서가 남아 있습니다.

> 이렇게 산 속에 들어와 있습니다. 온천에 계속 들어간 탓에 나른하기 그지없습니다. 슈스이의 저술이 완성될 때까지 머무를 작정입니다. 『선셋』 2호를 한 부 보내주세요. 1호, 매우 재미있게 읽었습니다. 조만간 짧은 글을 하나 투고하겠습니다.

오이시가 신구에서 간행하고 있는 『선셋』 2호, 그 간행일은 3월 15일입니다. 그것을 보내 달라고 부탁하고 있습니다. 이것을 쓴 것이 벌써 3월 말 가까운 무렵이었으니, 해당 잡지가 고토쿠 일행의 손에 들어간 것은 4월에 접어들어 어느 정도 시간이 흐른 뒤의 일이 될 것입니다. 오이시가 번역한 도스토옙스키의 「성직자와 악마」가 게재된 것은 그 다음의 『선셋』 제3호였기 때문에 발행일은 4월 15일입니다. 이런 식으로 서로 연락을 주고받았다고 한다면 그것이 고토쿠 일행의 손에 들어가는 것은 빨라도 5월 상순 무렵이라고 봐야겠죠. 그때는 이미 간노가 벌금 대신 실형을 받을 준비를 위해 고토쿠의 곁을 벗어나 도쿄로 향하고 있을 시기였습니다.

고토쿠가 그 『선셋』 잡지에 실린 오이시의 번역을 읽고 나서,

"The Priest and the Devil"을 번역하기 시작해서 6월 상순에 자신이 체포될 때까지 이를 완성시키는 것은 당시 그들의 사정을 고려할 때 어려웠을 것입니다.

오이시도 6월 5일에 신구新宮에서 체포를 당합니다. 그리고 그들이 사형에 처해질 때까지 이제 더 이상 석방되는 일은 없었습니다.

성직자를 비판할 수 있는 악마의 입장

오이시 세노스케大石誠之助도 고토쿠 슈스이幸徳秋水도 공히 "The Priest and the Devil"을 도스토옙스키의 작품이라고 믿고 이를 번역했습니다. 중요한 것은 바로 그 부분입니다. 도스토옙스키의 작품이라고 믿지 않고서는 그들이 이 작품을 선택해 번역하는 일은 없었을 것이라고 생각할 수 있습니다. 작가가 옥중에서 벽에 썼다는 작품의 취향이 그들의 정서를 매우 강하게 자극했다고 상상할 수 있기 때문입니다.

당시 그들에게 도스토옙스키의 작품에 대한 이미지로서 가장 인상 깊었던 것은 유럽에서 널리 알려진 『가난한 사람들』과 『죄와 벌』이었을 것입니다. 그리고 그들 자신도 테러리스트와 종이 한

장 차이와 같은 입장이었기 때문에 그 어느 것보다 『죄와 벌』에 관심이 갔을 것입니다.

인간은 지금 이 세계에서 일어나고 있는 거대한 부정 혹은 불공정을 내 몸의 날카로운 아픔으로 그것을 느낄 수 있습니다. 그렇기 때문에 우리의 몸을 내던지는 것을 대가로 만일 그것을 멈출 수 있다고 한다면, 그 누구라도 마음속에 그렇게 행동하고 싶어지는 것이 인지상정입니다. 고토쿠, 오이시 주변의 인물들 즉, 간노 스가코나 젊은 동지들이 품고 있던 것도 이러한 충동이었을 지도 모릅니다.

그렇지만 실제로는 그 바람이 이루어질 여지 따위는 거의 없었습니다. 거대한 악을 쓰러뜨리고 싶다고 생각한다고 하더라도 그것은 하나의 관념에 지나지 않기 때문에, 눈앞에 구체적인 모습으로 나타나는 것은 기껏 해 봐야 악착같은 고리대금업자 노파 정도인 것입니다. 왜냐하면 대부분의 악은 고리대금업자 노파만큼 알기 쉬운 형태로 이 세상에 존재하지 않기 때문입니다.

그렇기 때문에 이 가짜 도스토옙스키의 작품 "The Priest and the Devil"에서도 성직자의 악덕을 까발려서 비판할 수 있는 것은 바로 그 대왕격인 악마밖에 없는 것입니다. 정말로 잘 만들어진 이야기죠? 이 이야기를 『마더 어스』에 실은 엠마 골드만은 스스로 전투적이고 급진적인 정치사상의 소유자였습니다. 하지만 그럼에도 그녀가 이런 인식을 갖고 있었다는 점이 스스로의 독선적인 폭주에 브레이크를 걸고 있었던 것이겠죠.

고대 인도의 경전에 신이 인간에게 던진 질문에 분명,

'미움 없이 죽일 수 있는가? 그것이 가능하다면 너는 승자가 될 것이다'

라는 구절이 있었습니다.

분명히 그러합니다. 그렇지만 만일 그것이 가능하다면, 이미 인간의 영역을 넘어선 것입니다. 어떻게 생각하시나요?

어느 정도의 세월, 인생이라는 것을 경험하게 되면 때때로 자연스럽게 이러한 이율배반, 표리관계에 있는 물음과 만나게 됩니다. 그렇지만 그렇다고 해서, 이러한 물음을 외면하고 그냥 그대로 지내는 것이 좋은 것도 아닙니다. 오이시가 조용히 독서에 빠져서는 이제부터 문학에 매달려보려고 했었던 것은 이러한 물음에 대해 더욱더 고민해 보고 싶었기 때문이라고 생각합니다.

'저들은 황인종이니까요' 라고 도스토옙스키는 말했다

한 가지 여담을 하고 넘어가 봅시다.

도스토옙스키 그 사람이 만년에 일본에 흥미를 가지고 있었던 것은 분명합니다.

19세기 후반부터 여기 페테르부르크대학에서 일본인 교사가 일본어를 가르치고 있었다는 것은 앞서 말씀드렸던 바와 같습니다. 엠마 골드만이 이 거리에서 일하기 시작했던 1882년의 시점에서 말하자면, 일본인 교사는 바로 안도 겐스케安藤謙介입니다. 이 안도가 젊었을 때 처음으로 러시아어를 배우기 시작한 것은 선교사 니콜라이가 도쿄에 연 러시아어학교였다고 하는 것도 앞서서 제가 약간 설명했다고 생각합니다.

이 선교사 니콜라이 카사트킨은 이후 메이지기 중반 도쿄에 정교의 대성당을 건설하게 되는 인물입니다. 훌륭한 돔 지붕을 갖춘 건물로 일본에서는 지금도 '니콜라이당'으로 유명합니다. 나쓰메 소세키夏目漱石의 『그 후それから』에도, 여기서 열리는 심야의 장엄하고 아름다운 부활절 미사의 모습이 나옵니다. 말하자면 소세키의 문하제자가 된 세르게이 에리세프도 러시아 양가의 자제로서 도쿄에서 유학생활을 하던 중에 때때로 니콜라이의 곁을 드나들었습니다. 니콜라이 자신은 1861년 24세로 일본에 와서 1912년 75세의 나이로 사망할 때까지 계속 일본에서 포교활동에 전념했던 사람입니다. 러시아 본국에서는 '일본의 니콜라이'라고 불렸다고 하죠. 일본에서의 전도를 시작으로 반세기 정도가 지난 사이에, 그는 단 두 번만 고국 러시아를 다녀왔습니다. 처음에는 일본에 선교단을 설립하는 것에 대한 허가를 얻기 위해, 그리고 두 번째는 대성당을 도쿄에 건립하는 자금을 모으기 위해서였습니다.

이토 히로부미伊藤博文와도 예전부터 면식이 있어서, 니콜라이는 그의 국장에도 자연스럽게 참석하게 되었습니다. 그의 일본어로 번역된 일기가 남아 있기 때문에 앞뒤 부분을 약간 읽어봅시다. 일본에서 생활하는 동안에도 니콜라이 자신은 러시아력을 사용했지만, 여기에서는 서력으로 변경했습니다.

1909년 10월 26일 화요일

저녁 5시 무렵, 밖에서 "호외"라고 외치는 소리가 들려왔다. 무슨 일이 있었나? 이토伊藤 공작이 하얼빈에서 조선인에게 살해당했다. (…중략…)

유감이다. 이토는 현대일본에서 가중 뛰어난 지도자였다.

10월 31일 일요일

이토 공작과는 실제로 만날 기회가 적었지만, 36년 전부터 알고 지내는 사이이다. 그래서 오늘 오이소大磯의 그의 집에 조문편지를 보내야겠다고 생각했다. 알렉세이 오고에大越 노인에게 편지를 들려 보냈다. 상대방은 매우 정중하고 호의적으로 받아 주었다. (…후략…)

11월 4일 목요일

이토 히로부미 공작의 장례식이 치러졌다. 나는 9시 15분쯤 인력거로 히비야공원日比谷公園으로 향했다. (…중략…)

10시 레난자카霊南坂에 위치한 이토 공작의 저택을 나와 이쪽으로 다가오는 장례행렬의 음악이 들려왔다. 장례 행렬을 선도하는 것은 군대의 행렬이었다.

장례가 시작됐다. 조용하면서도 슬픈 음악(원래는 고대 중국의 음악)이 연주되었다. 고인의 영혼은 아무것도 모른 채 저세상으로 갔다는 것을, 진정한 신의 빛을 보지도 못하고 하늘에 계신 아버지의 사랑으로 따뜻함을 받지도 못하고 저세상으로 갔다는 것을 슬퍼하며 울고 있는 듯했다.

마지막 문구에 정교의 종교인으로서의 그의 신앙관이 명확히 드러나 있는 듯합니다. 신앙에 귀의하지 않고 생을 마감한 사람은 그 때문에 연민의 대상이 되기는 하지만, 신의 사랑을 받을 자격은 없습니다. 니콜라이는 이 때문에 이토 히로부미에 대해 슬퍼하고 있는 것입니다.

그리고 5년 남짓 앞서 일어났던 러일전쟁 중에는 니콜라이 일행도 일본사회로부터 극도로 적대시 당했었습니다. 그럼에도 불구하고 그는 끝끝내 러시아로 돌아가지 않았습니다. 그는 이미 나이도 많았기 때문에, 이러한 결심에 이르기까지의 고민과 괴로움, 마음속의 동요도 솔직하게 일기에 기록했습니다. 그럼에도 그가 도달한 결론은 "이곳에서의 나는 러시아에 봉사하는 사람이 아니다. 그리스도를 섬기를 사람이다"라는 것이었습니다.

그렇지만, 함께 종교 활동을 하던 일본인들 앞에서 그는 "그렇지만 전쟁이 끝날 때까지는 여러분과 함께 성찬예배에 참여하지는 않겠다"고 말했습니다. "그러니까 너희들끼리 성찬예배를 진행하도록 하라. 그리고 당신들의 텐노, 그 승리 등을 위해 진심을 다해서 기도하라. 조국을 사랑하는 것은 당연한 일이며, 그 사랑은 신성한 것이다. 구세주 자신도 이 세상에서의 조국을 사랑하여 예루살렘의 불행한 운명에 눈물을 흘리셨다."

그리고 그는 다음과 같이 일기를 썼습니다.

'나의 불쌍한 조국이여, 필시 비난 받고 매도당해도 할 말이 없을 것이다. 왜냐하면 너의 통치는 그만큼 열악한 것이기 때문이다. 어찌하여 너의 지도자들은 어느 분야에 있어서도 그렇게나 뒤떨어져 있는 것인가.'

니콜라이는 사회변혁을 노리는 사람은 아니었습니다. 닥쳐오는 사회주의혁명에도 가담할 마음이 없었던 것은 명확합니다. 다만 그는 국가라는 개념이 사람 마음의 종교적 영역에까지 그 식민지를 넓히는 것을 인정하지는 않았습니다. '일본인들은 자신들의 텐노를 위해 기도하라.' 그가 이와 같이 권유한 것은, 그럼에도 불구하고 자기 자신이 생각하는 성찬예배의 본연의 모습을 변질시키고 싶은 마음이 없었기 때문입니다. 이것이야말로 그에게 있어서 가장 자명한 사실이었습니다.

도스토옙스키가 니콜라이를 방문한 것은 더욱 한참 세월을 거슬러 올라간 1880년 6월의 일이었습니다. 생애 마지막이자 두 번째로 일본에서 러시아로 잠시 귀국했을 때였는데, 그가 도쿄의 대성당 건설 자금모집을 위해 한참 사방팔방으로 뛰어다니던 때였습니다. 니콜라이는 이때 34세, 한편 도스토옙스키는 58세로 『카라마조프 형제들』을 잡지에 연재하고 있던 시기였습니다. 도스토옙스키는 신문을 통해 '일본의 니콜라이'가 귀국 중이라는 것을 알고는 그와 만나기 위해 모스크바의 어느 숙소의 사원을 방문했습니다.

니콜라이는 도스토옙스키의 일본에 관한 질문을 일기에 기록해 두었습니다.

'저들은 황인종이니까요. 무언가 기독교를 받아들이는 데에 있어서 특별한 점은 없었나요?'

그가 어째서 일부러 찾아와서는 이런 질문을 했는가에 관해서는 알 수 없습니다. 어떤 대답을 했는가에 관해서도 니콜라이는 쓰지 않았습니다. 기이한 질문이라고 생각되어 기록해 두었을 뿐일지도 모릅니다.

그러나 도스토옙스키 본인은 이 만남에 만족했던 것 같습니다. 부인인 안나에게 보낸 편지에 다음과 같이 쓰고 있습니다.

> 그들과 알게 되어 즐거웠다. …… 그들은 그리고 내가 방문한 것에 대해, 큰 명예이자 행복이었다고 말해 주었다. 나의 작품도 읽고 있었다.

한편 니콜라이는 면담 중의 도스토옙스키의 모습을 다음과 같이 말하고 있습니다.

…… 유명 작가인 표도르 도스토옙스키가 찾아와서 만났다. …… 부드러움이 없는 흔한 유형의 얼굴. 눈이 어쩐지 뜨겁게 빛나고 있다. 쉰 목소리에 기침을 했다(폐병인 듯싶다).

그 다음 해인 1881년 3월, 황제 알렉산드르 2세는 급진화하던 나로드니키 그룹으로부터 분리된 '시민의 의지'당의 테러리스트들에게 두 발의 총탄을 맞고 페테르부르크 시내에서 암살당했습니다. 이때 성상화聖像画 수업을 위해 선교사 니콜라이에 의해 일본에서 파견된 여자화가 야마시타 린山下りん은 이 거리의 넵스키 대로의 호텔에 막 도착하자마자, 큰 폭발음을 들었다고 합니다. 야마시타 린은 당시 만 23세였으며, 테러리스트들을 현장에서 지휘한 여성 지도자 소피 페로프스카야는 만 27세였습니다. 그리고 한 달 정도 전에 도스토옙스키는 57세를 일기로 같은 거리의 아파트에서 갑작스레 사망했습니다.

13세의 엠마 골드만이 케니히스베르크로부터 이사 와서 이 거리의 장갑공장의 여공이 되어 일하기 시작한 것은 그 다음 해의 일이었습니다.

1910년의 고토쿠와 간노의 이야기로 돌아가 보겠습니다. 이해에 그들의 신변에 새로운 요소가 하나 더 추가되는데, 바로 2월에 아라하타 간손이 형기를 마치고 지바千葉 형무소로부터 출소한 것입니다. 하지만 그는 한참 동안 머뭇거리며 고토쿠나 간노의 앞에 모습을 나타낼 결심을 하지 못하고 시간을 보냈습니다만, 그저 그가 취한 행동은 오사카로 향하면서 권총과 총탄을 손에 넣은 것뿐이었습니다.

고토쿠와 아라하타는 16살의 나이차가 있었습니다. 이때 아라하타는 만 22살로 고토쿠는 만 38세였습니다. 게다가 그가 17세가 될 무렵 처음 '평민사'를 방문한 이래, 고토쿠라는 존재는 아라하타에게 있어서 변함없이 급진파의 톱의 자리를 차지하고 있었습니다. 그는 그런 남자와 한 여성을 사이에 두고 마주하지 않으면 안 되게 된 것입니다. 학문에 있어서도 언변에 있어서도, 경험에 있어서도 그에게는 승산이 없었습니다. 여간 주눅이 든 것이 아니었습니다. 아마도 권총은 그런 자신을 격려하는 도구이기도 했던 것이겠죠.

아라하타는 자신이 형무소에 수감되어 1년 6개월 사이에 바깥세상은 오락까지도 완전히 변해버린 것에 큰 충격을 받았습니다. 예를 들어 아사쿠사浅草에는 공타기 곡예나 검무와 같은 작은 극장들이 거의 보이지 않게 되었고, 영화 상영관이 빼곡히 들어서게 되었습니다. 그리고 그의 친구 중 한 명은 스스로 만든 극단에서 상연하기 위해 고리키의 『밑바닥에서』를 한창 번역하고 있는 중이었습니다.

아라하타는 번화한 요코하마 유곽에서 자랐습니다. 원래 본가의 가업은 배달 요리집이었는데, 후에 여성이 술과 음식을 접대하는 차야茶屋로 전업하게 됩니다. 아라하타는 이런 가업이 싫어, 집을 나와 10대 초반에 항구의 외국상관에서 웨이터로 일하기 시작했습니다. 그러면서 그는 교회를 다니게 되었고, 결국에는 선교사로부터 세례를 받았습니다. 그러나 그는 그럼에도 불구하고 가부키 따위의 전통극도 좋아했습니다. 또 그의 특기였던 여성에 대한 귀염성도 어렸을 때부터 자연스럽게 가업의 영향을 받았기 때문일지도 모릅니다. 이러한 그의 배경이 또한 그로 하여금 번화가의 변화에 민감하게 반응케 했던 것 같습니다.

5월에 접어들자 그는 권총을 품에 숨기고 유가와라온천湯河原温泉으로 향하고자 기차에 올랐습니다. 오다와라小田原에서부터는 아타미熱海행 경철도로 갈아탔습니다. 3년 전 하쓰시마初島에 요양을 떠났던 간노 스가코를 배웅하고자 왔을 때에는 아직 인부가 객차를 미는 인력철도였습니다만, 지금은 소형 증기긴관차가 객차를 끌고 있었습니다.

유가와라온천에서 내려 계곡의 상류부에 있는 온천지대로 발걸음을 서둘렀습니다. 하지만, 마음 한편에는 역시 망설임도 있었습니다. 그래서 생각을 고쳐먹고, 다른 여관에 우선 하루를 묵고 그 다음 마음을 진정시키고 나서 둘이 머물고 있는 아마노야天野屋여관으로 향하고자 했던 것입니다.

아마노야여관은 생각했던 것보다 너무나도 훌륭한 시설의 여관이었습니다. 마음을 단단히 먹고 현관에서 종업원에게 안내를 부탁했습니다만, 둘 다 용무가 있어 도쿄로 떠나 부재중이라고 했습니다. 간노는 사실 앞서 언급한 것처럼 거듭된 벌금을 징역형으로 정산하고자 결심하고 도쿄로 향했던 참이었습니다. 그리고 그녀는 이 기회에 니무라 다다오와도 만나서 투옥되기 전에 덴노 습격을 위한 최종 조율을 끝내 둘 작정이었습니다.

아라하타는 이처럼 습격이 불발로 끝나자, 마음을 둘 곳을 잃어버리고 온 몸의 힘이 빠진 것처럼 터벅터벅 해안선으로 향했습니다. 수중에는 돌아갈 열차 삯도 없었습니다. 해변을 걷는 도중 날은 저물기 시작해, 오다와라小田原에 돌아왔을 때에는 비까지 내리기 시작했습니다. 해안의 검고 축축한 모래 위에 웅크리고 앉아, 품속의 권총을 꺼내 총구를 이마에 대고 방아쇠에 손가락을 걸었습니다. 검지를 단숨에 당기고자 했습니다만, 실행할 수 없었습니다. 마음을 다잡고 몇 번이고 다시 시도했습니다만, 역시 무리였습니다.

한편, 이달 25일, '대역사건大逆事件' 관련자에 대한 검거가 시작되었습니다.

신슈信州의 미야시타 다키치宮下太吉를 시작으로, 수상하다고 여겨지는 사람들에게는 이미 지방 경찰의 삼엄한 감시가 붙어 있었습니다.

미야시타는 부하였던 전직 순회극단 배우였던 직공을 포섭하여 무엇인지 알려주지도 않고 폭탄재료를 맡겨두었습니다. 자신이 감시당하고 있다는 것은 그 스스로도 잘 알고 있었기 때문이었습니다. 그렇지만 잠깐 사이에 그 남자의 부인과의 사이에서 남녀관계가 생겨, 이것이 반복됨에 따라 미야시타는 그녀의 남편인 부하에 대해 부담감이랄지 대항심이랄지 알 수 없는 기분이 커져만 갔습니다. 그는 이윽고 이 남자를 향해 맡겨 두었던 것이 바로 폭탄재료라는 것을 고백하고 이것을 누설하기라도 한다면 당신은 물론이고 나와 공장 모두가 사형에 처해질 것이라고 말하며 협박을 했습니다. 사람은 자신 혼자서 큰 비밀을 계속해서 품고 있다 보면 견디지 못하게 되는 경우가 있습니다. 결국 미야시타는 언젠가 이 비밀을 누구에게든 이야기했을 거라고 생각합니다.

5월 24일 오후 신슈信州 아카시나明科의 공장에서 미야시타 다키치宮下太吉가 체포되었습니다. 이어서 같은 신슈의 야시로초屋代町에서 니무라 다다오新村忠雄와, 아무것도 모른 채 부탁받은 화약의 재료를 추출하기 위한 약연藥碾•의 조달 등을 도왔던 형 니무라 젠베新村善兵衛도 체포되

•[역주] 약연藥碾 : 한의학 등에서 바퀴모양의 도구를 그릇에 놓고 약재를 갈아 가루로 만드는 기구.

었습니다. 그리고 그들이 도쿄 다키노가와滝野川의 정원사 후루카와 리키사쿠古河力作와도 연계하고 있었다는 것도 판명되어 그도 곧바로 체포되었습니다. 미야시타, 니무라 다다오, 후루카와 리키사쿠 이 세 명 모두는 폭탄 테러를 위해 미리 전부터 간노 스가코와 협력해 왔던 사람들이었습니다. 그리고 미야시타에게 부탁을 받고 사정을 모른 채, 폭탄용 양철 관을 만들어 준 같은 공장의 직공 닛타 도오루新田融도 체포되었습니다.

고토쿠 슈스이가 유가와라湯河原의 여관 아마노야天野屋 부근에서 연행된 것이 6월 1일이었습니다. 간노 스가코는 이미 도쿄 형무소에 벌금을 대신하여 수감 중이었기 때문에 다시 검거할 필요는 없었습니다. 6월 2일 그녀의 신병은 도쿄 지방재판소로 옮겨져 덴노 암살 모의를 수행했다는 혐의에 대해 조사를 받기 시작했습니다.

한편 오이시 세노스케大石誠之助는 기슈紀州 신구新宮에서 6월 5일 검거되었습니다. 이어서 그의 주변에 있던 다카기 겐묘高木顕明, 나루이시 헤시로成石平四郎, 미네오 세쓰도峰尾節堂, 기사쿠바 세이치崎久保誓一, 나루이시 간자부로成石勘三郎가 차례차례 체포되어 도쿄로 신병이 옮겨졌습니다.

물론 이 사건과 전혀 접점이 없었던 아라하타 간손은 이번에는 체포당하지 않았습니다. 이제 오직 그만이 홀로 감옥 밖에 남겨진 모양새가 되어버렸습니다.

아라하타에게 이러한 상황은 마찬가지로 괴로웠을 것이 틀림없습니다. 그래서 그는 혼자서 이 박해를 가져오게 된 원흉, 수상 가쓰라 다로桂太郎를 쓰러뜨리고자 결의하게 되었습니다.

아라하타는 가쓰라 다로가 닛코日光에 있는 덴노 일가의 별장에 머물고 있는 덴노가 있는 곳으로 향했다는 신문기사를 읽고 그가 도쿄에 돌아오는 일정도 알게 되었습니다. 아라하타는 가쓰라가 도쿄로 돌아올 때 습격하고자 마음을 먹고 자신의 중대한 계획을 밝히고자 긴자銀座의 신문사에서 일하고 있는 친구의 곁으로 향했습니다. 그 친구가 '바보 같은 짓은 그만두게'라고 막았으면 좋았겠지만, '결행 날에는 반드시 자네의 뜻을 보도해 주겠노라'고 오히려 응원을 하는 탓에 그는 이 일을 더 이상 그만둘 수 없었습니다.

아라하타는 다시 품속에 권총을 숨기고, 가쓰라 수상이 도착하는 도쿄 우에노역上野駅에서 기다렸습니다. 한여름이었지만 몸은 계속 떨렸습니다. 그렇다고는 하지만 역 구내는 경찰이 이중 삼중으로 엄중한 경계를 펼치고 있어, 간단히 다다가는 것을 허용치 않았습니다. 빙 둘러친 경호원들 사이에서 아라하타는 가쓰라의 특징적인 동안에 동그란 얼굴을 간신히 살짝 볼 수 있었을 뿐, 가쓰라는 마차에 올라 타 그대로 사라져버리고 말았습니다.

'소재'로 사용해주세요

나쓰메 소세키夏目漱石가 『아사히신문朝日新聞』 지상에 연재되고 있던 『문門』의 원고 집필을 탈고한 것은 이와 같은 '대역사건大逆事件'과 연루된 사람들에 대한 검거가 한창이던 1910년 6월 5일의 일이었습니다. 마침 오이시 세노스케가 경찰서에 다시금 출두를 요구받고 그대로 구속당한 날과 같은 날입니다.

『문』의 무대 배경이 되는 시기는, 이토 히로부미가 암살된 시점으로부터 며칠 후의 일요일, 그러니까 1909년 10월 31일에서 시작해서 다음 해 1910년 4월의 어느 일요일에 끝나게 됩니다. 작중에서, 조금이지만 주인공의 월급도 올라 생활에 약간이나마 평화가 찾아왔습니다. 따스한 봄날, 그 집의 부부가 방에서 이런 이야기를 나누는 것으로 소설은 끝납니다.

> 오요네お米는 미닫이문의 유리에 비친 화창한 햇살을 비쳐보고,
> '정말 다행이에요. 드디어 봄이 와서'라고 말하며, 해맑게 웃었다. 소스케宗助는 툇마루에 나와, 길게 자란 손톱을 자르면서,
> '그래, 그렇지만 곧 또다시 겨울이 될 거야'라고 대답하면서, 아래를 내려다 본 채로 손톱깎이를 움직이고 있었다.

소세키의 옛 장서를 보관하고 있는 도호쿠대학東北大学 부속도서관의 소세키문고에는 만주일일신문사滿洲日日新聞社가 발행한 『안중근 사건 공판 속기록安重根事件公判速記録』이 남아 있는데, 증정자가 쓴 '소재로 사용해주세요 나쓰메 선생님, 이토 고보伊藤好望'라는 메모가 붙어 있다고 합니다. 이토 고보는 당시 만주일일신문사의 사장, 이토 고지로伊藤幸次郎의 별명입니다.

● 【역주】 간기刊記 : 간행인, 출판한 시기 및 장소 등을 적은 부분.

이 『안중근 사건 공판 속기록』의 간행일은 간기刊記●를 참조하자면 1910년 3월 28일, 이는 안중근이 처형되고 나서 겨우 이틀이 지난 후입니다. 그리고 소세키의 『문門』의 연재는 이미 3월 1일부터 시작되었습니다.

여기에 적혀 있는 '소재로 사용해주세요'라는 메모는, 소세키가 연재중인 『문』 제8회에서 오요네お米도 그러니까 남편이 귀가한 후의 대화의 소재로 이토 히로부미를 사용하고 있기 때문에 바로 이 소설의 '소재'라고 이야기되고 있습니다. 즉, 이토 히로부미 암살 사건이 소스케 부부 사이에서는 그저 밥상머리 앞의 대화를 위한 '소재' 정도밖에 안 된다는 이야기가 됩니다. 사소한 것일지도 모르지만, 국책회사인 만주철도의 계열회사인 『만주일일신문』의 사장이 자신이 경질된 후에 일부러 농담하듯이 이런 말을 했다는 점에서, 당시의 만주의 일본인회사의 입장과 엇갈리는, 약간의 모반의 기운 같은 것도 느껴집니다.

바늘로 쓴 편지

고토쿠도 간노도 형무소에 수감되었습니다.

그리고 6월 21일 『지지신보時事新報』의 지면에는 다음과 같은 보도가 실렸습니다. 고토쿠, 간노의 『자유사항自由思想』 발매금지를 둘러싼 재판에서 변호사로 활동했던 요코야마 가쓰타로横山勝太郎 앞으로 수상한 편지가 봉인되어 도착했다는 것입니다. 얼핏 보자면 새 하얀 종이 한 장입니다만, 자세히 보면 바늘로 찌른 것 같은 얇은 구멍이 무수히 점점이 뚫려 있어, 종이 뒤에 검은 종이라도 대면 확실하게 문장을 읽을 수 있다는 것이었습니다. 다음 22일 자 『지지신보時事新報』에 그 편지 사진도 실려 있습니다. 읽어보자면 …….

고지마치구麹町区 1번지 요코야마 가쓰타로 님

간노 스가코

폭탄사건으로 인해 본인과 그 외 세 명, 가까운 시일 안에 사형을 선고받을 것이 틀림없음.

고토쿠를 위해 부디 변호를 요청함.

절실하게.

6월 9일

그는 아무것도 모르고 있습니다.

이번 폭탄에 의한 테러계획에 관해 고토쿠는 아무것도 모르고 있다고 호소하며, 옥중에서 그에게 다급하게 변호활동을 은밀하고도 간절하게 요청하는 간노 스가코로부터의 편지였습니다. 모르긴 몰라도 간노 스가코라고 이름을 대고 있습니다. 이 편지가 들어 있던 봉투의 겉봉에는 이 바늘로 만든 '점자點字'와는 다르게 먹을 사용한 남자 글씨체가 쓰여 있는데, 발신자 이름 없이 다만 11일이라고 하는 날짜만이 적혀 있으며 우표에는 우체국의 소인이 있었다고 합니다.

그러나 이 편지를 받은 요코야마 가쓰타로는 그 사실을 기자에게 유출했고, 이것이 신문에 게재된 것입니다.

신문 『일본日本』도 이 보도를 따라 기자 나름의 추측을 보도했습니다. 이에 따르면 사회주의자가 옷에 서신을 꿰매 넣는 등 다양한 방법으로 형무소 밖과 연락을 취하고 있을 가능성이 있는데, 이번에도 간노가 간수 등으로부터 손에 넣은 종이와 바늘로 편지를 쓴 후 방면되는 동료 등에게 부탁하여 이것을 유출시켰고, 외부에서 도와주는 사람이 이것을 우편으로 보내지 않았을까라고 추측한다는 내용이었습니다. 분명히 당시 '폭탄사건'에서 '본인과 그 외 세 명'이 '사형' 판결을 받을 것이라는 것까지는 외부의 인물이 아직

까지 알 수 없는 내용이었습니다.

스기무라 소진칸은 이에 대해 즉시 『도쿄아사히신문東京朝日新聞』의 기자로서, 「공개서한 변호사 요코야마 가쓰타로橫山勝太郎에게 묻다, 소진칸楚人冠」이라는 기사를 같은 달 23일자 지면에 실었습니다.

> 오늘 두세 곳의 신문지면에 간노 스가코가 옥중에서 변호사 요코야마 가쓰타로 군에게 보냈다고 하는 서면이 공개되었다. 이는 요코야마 군이 유출시킨 것이 틀림없다. 요코야마 군은 이 편지를 유출해도 간노 스가코에게 피해가 되지 않는다고 생각했던 것인가? 또한 여타 신뢰를 배신하고 그와 같은 밀서를 다른 곳에 유출하는 것을 요코야마 군은 그다지 부도덕하다고 생각지 않았던 것인가? 나는 이 두 가지 점에 관해 요코야마 군의 생각을 듣고 싶은 바이다. 6월 22일.

현재의 시점에서 추측하자면 이때 요코야마 변호사는 어찌되었든 간에 이것을 신문 기삿거리로 삼는 것을 통해 자신은 '대역사건大逆事件'의 변호인을 맡게 되는 위험으로부터 몸을 피하고 싶었을지도 모릅니다. 당시 일본의 형법에서 덴노 암살을 모의한 대역大逆의 죄는 '사형' 이외에는 없었기 때문에, 간노로부터의 심상치 않은 편지는 명확하게 그것을 의미한다고 보았던 것이겠죠.

그들 사회주의자, 무정부주의자에 대한 공격이 맹렬히 격해지는 와중에 즉시 이런 항의를 공식화한 스기무라 소진칸은 용기 있는 인물이었다고 말하지 않을 수 없습니다. 적어도 그는 예전에 『평민신문平民新聞』에 기고하여 함께 전쟁불가론을 세웠던 한 사람으로서, 그때의 동지에 대한 지조와 우정을 지켰던 것입니다. 또한 자사의 기사에게 이것을 표명할 수 있도록 허가한 『도쿄아사히신문東京朝日新聞』도 용기가 있었다고 해야만 하겠습니다. 신문사가 지금과 같이 거대조직이 되어 버려서는 이와 같은 태도를 유지하는 것이 여간 어려운 일이 아니라고 생각됩니다.

더욱이 요코야마 변호사와 스기무라 소진칸 사이에 얼마간의 주고받는 내용을 이후 신문지상에서 찾아볼 수 있었습니다만, 그에 관해서는 생략하도록 하겠습니다.

그리고 일단 이야기를 그 후로부터 100년이 지난 시점으로 건너뛰도록 하겠습니다.

스기무라 간손은 그 후 반생을 수도권 교외의 지바현千葉県 아비코我孫子라는 조용한 마을에 자택을 마련하여 지냈습니다. 자택에 남아 있던 자료에 대해 본격적인 조사 및 정리가 진행된 것은 그의 사후 반세기 이상이 지난 21세기에 들어선 뒤의 일이었습니다. 그러던 중에 스기무라의 저택의 거실에 있는 책장으로부터 한 통의 봉투가 발견되었습니다. 그 속에 십수 통의 편지가 한데 묶여 있었습니다만, 그 속에 섞여 꼼꼼하게 접은 한 장의 두툼한 흰 종이가 있었습니다.

종이를 펼쳐보자 그것이 약 100년 전의 옥중에 있었던 간노 스가코가 스기무라 소진칸에게 보낸 또 한 통의 바늘로 쓴 '점자點字' 편지였다는 것을 알 수 있었습니다. 이 편지는 정확히 다음과 같은 내용이었다고 합니다.

교바시구京橋区 다키야마초瀧山町

아사히신문사朝日新聞社

스기무라 주오杉村縱横

간노 스가코菅野須賀子

폭탄사건으로 인해 본인과 그 외 세 명,

가까운 시일 안에 사형을 선고받을 것이 틀림없음.

세심한 조사를 요청함.

추가로 고토쿠를 위해 변호사 소개를 부탁함.

6월 9일

그는 아무것도 모르고 있습니다.

스기무라 '주오縱横'는 소진칸의 별호입니다. 일전에 『평민신문平民新聞』에게 기고할 때에는 이 '주오縱横'라는 호를 사용했었기 때문에 간노에게는 이 이름이 더욱 친근감이 있었을 것입니다.

편지의 날짜는 '6월 9일'. 이미 알려진 바와 같이 요코야마 가쓰타로 변호사 앞으로 도착한 '점자' 편지와 같은 날입니다. 즉, 예전에 요코야마 변호사에 대해 스기무라가 강한 어조의 '공개 질문서'를 보냈을 때, 실은 그도 이미 이 '점자' 편지를 받았을 것입니다.

그리고 '세심한 조사를 요청함.'

이 편지에는 요코야마 앞의 편지에는 없는 이 한 어구가 들어 있습니다. '잘 조사해 주세요. 잘 부탁드립니다'라고, 간노는 여기에 납작 매달리듯이 외치고 있습니다.

또한 여기에도 '고토쿠를 위해서 변호사의 소개를 부탁함'이라고 쓰고 있습니다. 간노는 요코야마 가쓰타로에게만 부탁해서는 여전히 불안했었던 것을 알 수 있습니다.

그렇지만 그가 무엇을 할 수 있었을까요? 스기무라도 손가락 하나 움직일 수 없었습니다. 다만 그는 이것을 누구에게도 말하지 않고 그저 접어서 조용히 보관해 두었던 것이겠죠. 그 고통의 일부분이 100년을 넘어 지금 되살아날 때까지 말입니다.

고토쿠의 체포와 그 뒤의 조사에 관해서는 간노도 엄청난 충격을 받았습니다. 자신이 선택한 행동을 후회하는 것은 아니었습니다. 다만, 이런 행동이 불러일으킨 결과에 대해서 자신의 생각이 미치지 못한 부분이 있었고, 그것이 가져온 잔혹함을 이를 악물고 견디지 않으면 안 되는 점이었습니다. 지금까지 간노는 덴노에게 폭탄을 던지고자 하는 계획에 고토쿠를 강하게 끌어들이고자 하지 않았으며, 모든 계획을 밝힌 것도 아니었습니다. 왜냐하면 그녀는 고토쿠가 더욱더 글을 쓰기 원한다는 점을 이해하고 있었기 때문입니다.

그러나 이때 간노가 충분히 고려하지 않았던 것은 그녀 자신은 사회적으로 거의 무명이었만, 고토쿠의 경우는 이미 명성이 있었다는 점이었습니다. 그 명성이 있었기에 그녀는 고토쿠가 이렇게나 간단하게 '대역사건大逆事件'의 주도자로 몰릴 수 있을 것이라고는 상상하지 못했던 것입니다.

●●●

독립문에서

지금으로부터 30년도 전의 일입니다만, 지금도 한 겨울의 한국, 서울의 구치소에 차입을 하고자 하는 긴 행렬에 함께 했었던 때의 일을 떠올릴 때가 있습니다. 형무소가 위치한 산에는 거친 바위 표면이 드러나 있었는데, 그 한참 위쪽까지 빈민들의 허술한 집들이 지붕을 맞대고 있었습니다. 이런 곳에 북적거리며 모여 있는 빈곤한 마을을 현지의 사람들은 달동네, 즉 '달의 마을'이라고 불렀습니다. 높은 곳에 있기 때문에 아래의 평지에서 그럭저럭 생활을 영위하고 있는 시민들의 집들보다 한참이나 하늘의 달과 가까운 곳에 위치한 동네라는 의미입니다.

서대문 형무소는 일본의 식민지 지배가 심화되던 식민지 초기의 형무소로 지어진 이래 계속 사용되어 온, 큰 시설이었습니다. 붉은 벽돌에 회반죽으로 만들어진 지붕이 높은 건물이 몇몇 보였습니다. 그렇다고는 하지만 높은 벽이나 펜스로 여기저기 시야가 막혀 있었기에 전경을 바라볼 수는 없습니다. 그 행렬에 줄을 서 있는 사람들은 부인과 같은 여성 혹은 늙은 어머니들이었습니다. 물론 남성도 있었습니다. 하얀 입김을 토하며 장갑을 낀 두 손을 비비며, 모두 질이 좋다고는 말할 수 없는 단조로운 색상의 의복을 입고 차입을 넣기 위해 지참한 봉투를 끌어안듯이 들고 서 있었습니다.

차입 창구에 있는 교도관들은 그 누구도 한 치의 타협도 없이 엄격한 자세로 근무를 척척 수행하고 있었습니다. 속옷 등의 의류의 차입은 한 장 한 장을 꼼꼼하게 전기스탠드의 불빛에 비춰가며 상세하게 조사했습니다. 접힌 부분에 무언가 꿰매 넣어 숨기지는 않았는지 등을 주의를 기울여 조사하는 것입니다. 수상하다고 생각되는 부분은 실을 잘라 풀어버리기 때문에 솜이 들어 있는 의류 따위는 쓸 수 없게 됩니다. 그래서 그런 종류의 물건은 형무소에 설치된 매점에서 아예 차입용으로 만들어진 관제품을 돈을 주고 사서 미결수에게 전달하는 방법밖에는 없었습니다.

아니 이 시설에 있던 것은 미결수만이 아니었습니다. 이곳에는 사형수들도 있었습니다. 일본과 마찬가지로 사형수의 처형은 교소도소에서 행해졌기 때문입니다.

교도소는 책의 차입에도 엄격했습니다. 모국 유학 중에 체포된 재일한국인들은 그렇게 투옥되고 나면 더 이상 일본어로 된 책을 손에 넣기 어려워집니다. 그래서 그들에게는 일본에서 책을 가져와 차입을 해 주었습니다. 교도관은 그 책도 한 페이지씩 천천히 넘기면서 확인했습니다. 물론 책을 읽을 정도로 일본어를 읽을 수 있다고 생각되지 않습니다만, 그들은 한자교육을 받은 세대였기 때문에 어느 정도는 그 내용을 짐작하기 쉬웠다고 생각합니다. 쌓아 놓은 책 한 권 한 권을 시간이 걸리더라도, …… 이건 좋아, …… 이건 안 돼, …… 이건 괜찮겠지, 라고 판정해 나갔습니다.

지금도 기억하고 있는 것은, 예를 들어 가마타 사토시鎌田慧의 『자동차 절망공장自動車絶望工場』이라는 책을 차입하고자 했었습니다. 저자가 도요타의 자동차 공장에서 단기 고용 노동자로서 근무하면서 쓴 르포라이터라고 생각됩니다. 교도관은 이 책은 차입이 불가하다고 말했습니다. 노동문제 관련 책은 안 된다고.

그리고 『루팡 대 홈즈』, 괴도 아르센 루팡의 시리즈물로 추리소설이죠. 이것도 차입을 허가할 수 없다고 했습니다. 탈주의 힌트가 될지도 모르는 것은 차입할 수 없다는 것이었습니다.

한편, 오스트로프스키의 『강철은 어떻게 단련 되었는가』, 이것은 러시아 혁명 시대를 그린 프롤레타리아 소설 같은 것이죠. 저도 읽은 적은 없습니다만, 그저 부탁을 받아 가져가 보았습니다. 그런데 이 책은 어찌된 일인지 시원스레 차입을 허가받았습니다.

당시 한국은 반공국가였습니다. 반공법, 국가보안법이라는 법률이 있는데, 이를 통해 죄를 묻게 되면 정치범을 사형에 처할 수 있다는 것입니다. 그즈음 김대중이 사형에 처해질 뻔도 했습니다.

그렇지만 차입의 허가, 불허는 그런 법률에 의해 결정되는 것도 아닌 듯했습니다. 뭐라고 해야 할까, 교도관들에게는 보다 더 단순하고 현실주의적인 현장에서의 판단기준이 존재하고 있었다고 생각합니다. 얼추 말하자면 그 책을 읽는 것을 통해 입소자들이 옥중에서 문제행동을 일으킬 수 있다면 곤란하다는 것이 아니었을까 하고 생각합니다.

형무소의 관리 운영과 연관된 사람들은 문제만 일으키지 않는다면 입소자가 프랑스의 연애소설을 읽던지 옛 소비에트 연방의 프롤레타리아 소설을 읽던지 아무래도 상관이 없었습니다. 그보다 옥중에서 파업 비슷한 행동을 일으킬 수 있거나 탈주를 계획하거나 하는 쪽이 훨씬 곤란하다는 것이죠. 형무소의 당국으로서는 이러한 현실적인 판단에 철저했던 것이 아닐까 하고 생각합니다.

형무소로부터 밖으로 나오면 바로 앞에 '독립문'이라고 불리는, 오래되었지만 파리의 개선문과 유사한 훌륭한 석조 문이 솟아 있습니다.

한국에서는 일찍이 일본 식민 통치 시대를 '일제시대'라고 부릅니다. 1910년부터 45년까지 일본제국에 의해 지배당하던 시대라는 의미입니다. 이 '일제시대'에 막 접어들려는 시대에 만들어진 구치소 앞에 더욱 낡아 보이는 '독립문'이 가로막고 서 있는 풍경에는 어딘가 기묘한 느낌을 받았습니다. 매우 낡아 보이는 문이었지만, 왜 식민지시대에 일본정부의 조선총독부는 이것을 철거하려고 생각하지 않았던 것일까? 라고.

사실, 현지에서 들었습니다만, 이 '독립문'은 일본으로부터 독립을 칭송하기 위한 것이 아니었다고 합니다. 훨씬 이전 시대, 중국의 청조에 대한 조선의 '독립'을 의미하는 건물로서 건립된 것이라고 합니다.

19세기 말, 청일전쟁은 일본과 청나라가 조선을 가운데 두고 조선에 대한 패권을 다퉜던 전쟁이었습니다. 즉 그때 일본이 내걸었던 대의는 종래의 청나라에 의한 지배를 타파하고 조선왕조의 '독립'을 옹호한다는 것이었습니다. 따라서 이 전쟁에 일본 측이 승리한 기념으로 세워진 것이 바로 저 서울의 '독립문'인 것입니다.

'독립문'을 준공하고, 조선왕조는 국호를 '대한제국'으로 고쳤는데, 이것이 1897년의 일이었습니다. 즉, 이러한 조선이 '제국'으로 이름을 내세우는 데에는 청나라에 의한 봉건지배로부터 독립을 달성했다는 의미가 담겨 있는 것이었습니다.

이 '독립'이라는 기념물의 존재는 계속해서 이어진 한국 사회에서 바람직한 명분으로 사용되어 왔습니다. 예를 들어 일본에 의한 식민지배하에서는 중국의 지배에 대한 조선의 '독립'을 기념한다는 의미로 사용되었습니다. 또한 제2차 세계대전 후, 일본의 식민지배로부터 해방된 시점에서 그것은 문자 그대로 제국주의로부터 조국의 '독립'이라는 뉘앙스도 동반하게 되었습니다. 대한민국의 수립 후에도 이것은 변함이 없었고, 때문에 지금에 이르기까지 '독립문'이 계속해서 보존되어 온 것이겠죠.

예전 서울의 형무소는 지금은 더 이상 사용되지 않습니다. 그리고 아름답게 정비된 독립공원 속의 유적지로 다시 태어났습니다. 그곳에는 일본에 의한 식민지배하에서 많은 독립 운동가들이 이곳에서 투옥되어 있었다는 것이 자세하게 해설되어 전시되어 있습니다. 하지만, 대한민국 수립 후에도 1980년대까지 군사정권하에서 많은 정치범이 수용되어 있었다는 것은 거의 언급되어 있지 않습니다.

어쨌든, 한국의 수도 서울의 독립문이 서 있는 지역 부근은 마치 역사가 수직 단층과도 같이 켜켜이 쌓여 건물처럼 늘어서 있는 듯이 보이는 거리입니다. 딱 상트페테르부르크의 이 주변의 거리가 지금 그러한 것처럼 말입니다.

이야기가 다시 샛길로 샜습니다만, 1910년 초여름, 고토쿠 슈스이幸徳秋水도, 간노 스가코菅野須賀子도, 오이시 세노스케도大石誠之助도 '대역사건大逆事件'으로 모두 체포되었습니다. 그리고 체포되지 않은 아라하타 간손만이 도쿄의 거리에서 가쓰라桂 수상을 습격하는 테러리스트가 되고자 했으나 이마저 또 실패하여 어정대고 있을 뿐이었습니다. '한국병탄' 조인식이 제2차 가쓰라 내각하에서 실행된 것이 이해 여름 8월 22일이었습니다. 즉 '대한제국'이라는 국호가 존재했던 것은 '독립문'이 준공된 1897년부터 1910년까지로 겨우 13년 남짓한 기간뿐이었습니다. 게다가 그 후반 5년간 이 나라는 외교권조차도 일본정부에게 양도한 '보호국' 상태였습니다. 청나라로부터 '독립'의 문을 건설했을 때, 대한제국은 이미 일본에게 '병탄'당하는 길로 접어들고 있었다고밖에 달리 표현할 수 없을지도 모릅니다.

이토 히로부미를 저격한 안중근은 이미 1910년 3월 25일 오전 10시, 이토 저격으로부터 정확히 5개월째가 되는 같은 날 같은 시각 랴오둥遼東반도의 일본 조차지, 뤼순旅順 형무소에서 처형되었습니다. 한편, '한국병탄'이 조인된 지 이틀이 지난 8월 23일, 34세의 나쓰메 소세키는 위병이 악화되어 요양을 떠났던 이즈의 온천지의 여관에서 대량의 피를 토하고 위독한 상태에 빠졌습니다.

'부평초' 편지

형법 73조, 흔히 말하는 대역죄는 대법원에서 1심이 한도인 재판입니다. 그리고 1910년 말, 26명의 피고 전원에게 사형이 구형

되었습니다.

판결은 다음 해 1911년 1월 16일에 내려졌습니다. 피고인 24명에게 사형, 그리고 남은 두 명 중 신슈信州 아카시나明科의 공장에서 미야시타 다키치宮下太吉가 요구한 양철 캔 24개를 만든 닛타 도오루新田融에게 징역 11년, 동생인 니무라 다다오新村忠雄의 요구로 약연藥碾의 조달을 도왔던 니무라 젠베新村善兵衛에게 징역 8년의 판결이 내려졌습니다.

그리고 다음 날 1월 19일, 사형판결을 받은 피고 24명 중 12명이 특별 사면으로 무기징역으로 감형되었음이 발표되었습니다. 고토쿠幸德, 간노菅野, 오이시 세노스케大石誠之助, 미야시타 다키치宮下太吉, 니무라 다다오新村忠雄, 후루카와 리키사쿠古河力作 등 12명에게는 그대로 사형판결이 유지되었습니다.

그날 오이시 세노스케는 도쿄의 형무소에서 고향 기슈紀州 신구新宮에 있는 처, 에이코栄子 앞으로 편지를 썼습니다. …… 읽어보겠습니다.

어떤 사람의 말 중에, '아무리 괴로운 일이 있다고 하더라도, 그날이나 늦어도 다음날에는 밥을 먹어라. 그것이 위로를 얻는 첫 걸음이다'라는 말이 있어.

당신도 끙끙거리며 고민하다 못해 틀어박혀만 있지 말고, 머리도 하고, 옷도 갈아입고 친척이나 아는 사람 집에 놀러가서 세상 돌아가는 것도 듣는 것이 좋아. 그러면 저절로 기분도 차분해지고 편안해질 거야. 그리고 집 정리 따위는 어차피 나중 일이니 당분간은 친척에게 맡겨두고 지금은 그러니까 자신의 몸을 쉬게 하고 마음을 가다듬는 것을 최우선으로 해 줘.

우리들도 변함없이 괜찮고, 대우도 지금까지와 전혀 달라진 것은 없어. 이렇게 몇 개월을 지내게 될지 몇 년을 지내게 되던 간에, 또 특별사면으로 나가게 되던 간에 이런 모든 일은 아직 나중의 일로 아무것도 모르니까, 절대로, 절대로 낙심하지 말아줘.

따로 지금 당장은 급한 용무도 없으니, 오늘은 이만 줄일게.

1월 19일 세노스케誠之助

에이코栄子에게

서두에서 말한 '어떤 사람의 말', '아무리 괴로운 일이 있다고 하더라도, 그날이나 늦어도 다음날에는 밥을 먹어라. 그것이 위로를 얻는 첫 걸음이다'는 투르게네프의 『루딘』의 한 구절이라고 합니다. 아주 최근에서야 이것을 알아챈 사람이 저에게 알려주었습니다.

또한 오이시 세노스케가 옥중에서 쓴 단편에 다음과 같은 것도 있었습니다.

주신구라忠臣蔵에서 얼큰하게 취한 사람이 말한 '거짓에서 나온 진실', 이 말이야말로 진정 인생을 잘 설명하고 있다고 생각한다.

오이시는 '얼큰하게 취한 사람'에 방점을 찍어 강조하고 있습니다. 이는 가부키歌舞伎극 주신구라忠臣蔵의 등장인물 오이시 구라노스케大石内蔵助를 가리키는데, '거짓에서 나온 진실'은 그의 대사입니다. 오이시 세노스케 자신의 현재 기분을 빌려 이를 해석하지만, 지금 걸려 있는 죄상은 새빨간 거짓말이지만 이 거짓 죄상은 분명 자신의 진심을 담고 있기도 하다는 말이겠죠. 자신은 지금의 일본사회의 모습을 공정하다고 생각지 않는다. 오히려 일본이라는 나라에 대해 자신은 반역자의 마음을 품고 살아가고 있다는 것입니다.

거짓 죄상으로 사형을 당할 찰나, 오이시는 그런 마음을 써서 남긴 것입니다. 우연하게도 그의 이름은 오이시 구라노스케라는 역사상 인물과 매우 유사합니다. 그 점도 그를 유쾌하게 만들었던 것이겠죠.

당시 일본에서 투르게네프의 『루딘』은 후타바에 시메이二葉亭四迷에 의해 『우키구사浮草』라는 제목으로 번역되어 나와 있었습니다. 이전 아라하타 간손이 단 1개월 정도만 근무했었던 출판사, 가나오분엔도金尾文淵堂가 1908년 단행본으로 출간했습니다. 그곳의 동료이자 광고문 담당을 하고 있던 야스나리 지로安成二郎가 작자의 이름을 착각하여 '러시아 문호 루딘의 걸작'이라고 광고했던 바로 그 책입니다.

이 후타바테이二葉亭가 번역한 『우키구사浮草』 중에 다음과 같은 부분이 있습니다. 여주인공 나탈리아의 곁에서 루딘이 떠나버리고 난 후의 구절입니다.

> 다소 냉정하게 들릴지도 모르지만, 사람이라는 존재는 어떤 고통을 겪었다고 하더라도, 당일 아니면 고작 다음날이 되면 밥을 먹는다. 그것이야말로 마음을 안정시킬 수 있는 실마리인 것이다.

오이시 세노스케가 예전에 읽고 기억하고 있다가, 자신이 사형을 당하기 직전, 아직 젊은 부인에게 보내려고 한 것이 바로 이 구절이었습니다.

그리고 이 구절 다음에는 아래 내용이 이어집니다.

> 나탈리아는 심하게 괴로워했다. 이런 생각을 하는 것은 태어나서 처음이라…… 그렇지만 처음으로 느끼는 괴로움은, 첫사랑과 마찬가지로 두 번은 없기 마련이다.

이 부분은 분명 이 소설의 하이라이트입니다. 왜냐하면 이러한 인식을 나탈리아라고 하는 실의에 빠진 젊은 여성이 스스로 깨닫기 때문입니다.

오이시 세노스케라는 인물은 투르게네프의 『루딘』을 이와 같이 읽어낸 사람이었던 것입니다. 저는 그가 죽어가는 몸으로 젊은 부인에게 이것을 전하고자 했다는 것을 통해, 그의 인간으로서의 큰 도량을 느꼈습니다.

그는 더욱더 많은 다양한 소설을 읽고 싶다고 마음 속 깊은 곳에서 용솟음치듯 생각했을 것입니다. 그렇기 때문에 『선셋』이라는 문예잡지를 스스로의 손으로 만들어냈을 터이지만, 이미 때늦은 일이었습니다.

실은 투르게네프의 『우키구사浮草』의 일본어 역자인 후타바테이 시메이는 그 전전년인 1909년 5월에 이미 세상을 떠났습니다. 그 또한 작가였으며, 마찬가지로 『아사히신문朝日新聞』의 기자이기도 했습니다. 40세에 신문사에 입사했습니다만, 그보다 앞서 아직 20대였던 시절 그는 『뜬 구름浮雲』이라는 소설을 써서 매우 좋은 평을 받았습니다. 이 소설은 일본 최초의 구어체로 쓰인 근대소설입니다. 그 뒤에 그는 러시아어 지식을 살려 관료가 되었으며, 이후 도쿄외국어학교東京外国語学校의 교수로 활동하다가 이를 그만두고 한때 베이징에서 취직을 하기도 했었습니다만, 러일전쟁 개전의 분위기가 거세질 무렵 일본에 돌아와 『아사히신문』에 취직을 했던 것입니다.

다만 그는 소설을 쓰는 것보다 정치부 기자가 되고 싶었던 듯싶습니다. 이를 위해서 러시아어를 공부하고자 하는 의식이 강했습니다. 그는 『뜬 구름浮雲』이 아직 미완성인 시작試作 단계에 지나지 않는 작품이라고 강하게 의식하고 있었기 때문에, 여태껏 그 작품으로 인해 명성이 자자한 것을 싫어했습니다. 다시 말하면 그는 소설을 쓰는 것을 싫어하는 소설가였습니다.

구어란 무엇일까? 문어체와 구어체의 일치라는 것은 어떤 것일까? 그는 이와 같은 문제를 열심히 고민했던 사람이었습니다.

'보통 사람은 일상에서 구어체를 사용하지만, 그것을 문장이라고 생각하지 않는다. 이것을 어떻게 기록해야 회화를 그대로 자연스럽게 읽을 수 있을까? 좀처럼 알 수가 없다.'

그는 쓰고는 다시 고치고, 또 써 보고 다시 고치고, 자신이 납득할 수 있을 때까지 노력했지만, 이 일은 쉽사리 진전되지 않았습니다.

화가의 고통도 이와 유사합니다. 눈앞에 있는 동물이나 인체는 3차원의 물체로 존재하고 있지만, 그것을 2차원의 화폭이나 스케치북 속에 담는다는 것은 과연 어떠한 행위이며, 어떻게 해야만 성공이라고 말할 수 있는 경지에 도달할 수 있을까라고, 수백 년, 아니 분명 천 년, 이천 년 이상 수많은 화가들이 끊임없이 고민해 왔습니다. 하지만 이는 아직까지도 풀리지 않은 문제일 것입니다.

조각가 자코메티Giacometti는 그림도 그렸는데, 생애를 통틀어 똑같은 문제를 가지고 고민했습니다. 앞에 앉아 있는 모델을 캔버스에 데생합니다. 그렇지만 어떻게 그려도 잘못 그린 것 같습니다. 잘 그렸다고 만족했다 하더라도, 다음날 그 그림을 다시 보면 절망스러워 전부 지워버리고 싶어집니다. 그는 코의 옆 언저리를 그리는 것이 특히 어렵다고 말했습니다. 그것을 어떻게 2차원으로 표현해야 할지 알 수가 없었습니다. 그렇지만 그에게는 이에 도전하는 것이야말로 그림을 그린다는 행위 그 자체였습니다. 후타바테이에게 있어서 말과 문장과의 관계도 마찬가지였을 것입니다.

그렇지만 신문사로는 그가 작가로서 명성이 있었기 때문에 역시 지면에 소설을 써 주기를 바랐습니다. 그의 정치 논설은 신문사 안에서는 평이 좋지 않았습니다. 내용이 가볍고, 유난히 길어서, 이래서는 논설로는 불합격이라고 말입니다. 마지못해 신문사원으로서의 직업을 잃지 않기 위해 그는 지면에 연재소설을 썼습니다. 그러자 그 소설이 호평을 받아버리는, 운이 좋다고 해야 할지, 나쁘다고 해야 할지 알 수 없는 사람이었습니다.

1908년 그가 바라마지 않던 페테르부르크 특파원 파견 지령이 간신히 내려왔습니다. 일본의 조차지 랴오둥遼東반도의 다롄大連까지 배로 이동했습니다. 그로부터 하얼빈을 경유하여 시베리아 철도에 옮겨 타고 이곳에 도착한 것입니다. 그는 당시 44세의 나이였습니다.

그렇지만 불쌍하게도 그는 바닷가의 목초지에 만들어진 인공도시 페테르부르크의 춥고 다습한 겨울을 견디지 못했습니다. 폐렴 그리고 폐결핵이라는 진단을 받았으며, 몸은 쇠약해져 급기야 귀국하지 않으면 안 될 지경에 이르고 말았습니다.

후타바테이는 당초에 신문사에 부담을 주기 싫어 다시금 시베리아철도를 경유해서 귀국하겠다고 고집을 부렸다고 합니다. 그렇지만 몸이 견뎌낼 수 없을 것 같았습니다. 현지의 친구가 비용은 자신이 조달할 테니 몸에 무리가 덜 가도록, 런던에서 인도양을 지나는 여객선으로 귀국하도록 설득하여 결국에 그는 이 제안을 받아들였다고 합니다.

그를 태운 배가 런던을 출항한 것이 1909년 4월이었습니다. 그렇지만 이미 그의 체력은 거의 바닥을 드러내고 말아 5월 10일 뱅갈만 해상에서 그는 사망하고 말았습니다.

그럼에도 불구하고 왜 후타바테이는 그렇게 평판이 좋았던 소설 창작을 마다하고 '정치 평론'을 하고자 했던 것일까요?

한 가지는 그가 러시아어를 배우던 서생 시절부터 러시아 혁명 전야의 '민중 속으로', 즉 나로드니키의 운동에 깊은 영향을 받았기 때문이라고 하는 설이 있습니다.

청년시절 그는, 도쿄외국어학교에서 안드레이 코렌코, 니콜라이 그레이라는 나로드니키 운동을 배경으로 일본에 건너왔다고 하는 두 선생님에게 러시아어를 배웠습니다. 앞서서도 잠깐 언급했었습니다만, 이들 선생님은 훌륭한 목소리와 어조로 러시아의 시와 소설을 낭독해 주었습니다. 아니 그뿐만 아니라 물리, 화학, 수학과 같은 일반적인 공부로부터 수사학, 문학사에 이르기까지 모두 러시아어로 배웠습니다. 오히려 교과서조차도 아직 충분치 않았던 사정이 도움이 되었다고 할 수도 있습니다. 그런데 그러던 중 언어를 알게 됨에 따라, 러시아의 농촌의 가을 풍경도, 오네긴을 그리워하며 선 타티아나의 모습도 눈앞에 선했을 것입니다. 낭독, 바로 그것이야말로 러시아문학의 토양이며 꽃이었기 때문입니다. 러시아인에게는 반대로 상상할 수 없는 일일지도 모르지만, 이는 메이지 이전의 일본 문학표현에 있어서 존재하지 않았던 요소였습니다. 후타바테이는 몇 번이고 그 점을 언급했었습니다.

후타바테이가 젊은 시절에 쓴 『뜬 구름浮雲』이라는 소설도 외국어학교에서 공부하던 서생들끼리의 꾸밈없는 교제가 그 토대가 되었습니다. 러시아문학의 토양을 접하고 나서 그는 좁은 일상의 테두리에 둘러싸인 일본의 '소설'의 통념보다 훨씬 더 넓은 세계가 열리는 것을 실감할 수 있었습니다. 지금이야 일본에서는 문학이란 단지 소설을 가리킨다고 생각하기 십상이고, 이는 작가들에게도 마찬가지일지도 모릅니다.

그렇기 때문에 후타바테이는 러시아문학의 번역에 힘을 쏟고자 했던 것이겠죠. 소설을 쓰는 것을 싫다고 말하던 중에도 그가 러시아 소설의 번역을 중단하는 일은 없었습니다. 여기에서 알 수 있는 것은 단지 그 시기에 자작 소설을 쓰지 않았을 뿐으로, 그가 작가로서의 일을 멈추고 있었던 것은 아닙니다. 정치 논설 등도 그 다양한 전개 중 하나로 볼 수 있을 것입니다. 그렇게 생각해 보자면 그도 분명 나로드니키의 전통을 따르고 있었다고도 할 수 있을 듯합니다.

혼자 시베리아를 걸어서 횡단하여 그리고 이곳 페테르부르크대학 일본학과에서 일본어를 가르치게 된 구로노 요시부미黒野義文도 후타바테이가 도쿄외국어학교東京外国語学校에서 공부하고 있을 때에는 아직 이 학교에서 러시아어를 가르치고 있었습니다. 구로노는 엄청난 수재로, 이 학교를 졸업하기 전부터 이미 그곳에서 조교수로서 가르치는 것을 병행하고 있었다고 합니다. 그는 수업 전부를 러시아어로 받을 수 있었다고 합니다. 페테르부르크에 와서 러시아인 학생들에게 일본어를 가르칠 때에도 그러하지 않았을까요? 다만 30년 가깝게 교편을 잡다보면 역시나 수업 속에서 가르치는 일본어는 고색창연하게 변해버리기 마련입니다. 이는 그가 노쇠했기 때문일까요? 아닙니다. 오히려 그 예전의 수재였던 그대로 너무나 변하지 않았기 때문입니다.

'일장기 연설', 그리고 '한국 만세 — 코레야 우라Корея! Ура!'

이토 히로부미의 말은 어떠했을까요? 그는 메이지정부를 만든 초기 수뇌부 중에서 필시 가장 영어를 잘하는 인물이었을 것입니다. 그는 일본이 아직 막부 동란기였던 시기에 밀항으로 런던으로 건너가 6개월 동안 유학을 하고, 메이지정부가 시작되자마자 바로 재무부 관리가 되어 미국에 6개월간 출장을 다녀왔습니다. 그가 처음으로 런던에 건너간 것은 21세였을 때였는데, 가지고 있던 공부 도구는 일본인이 쓴 오류투성이의 영어사전 한 권이 전부였다고 합니다. 그래도 열심히 공부했던 젊은이였겠죠.

그가 30세가 되었을 때, '이와쿠라 사절단岩倉使節団' 일행의 대표로서 샌프란시스코에서 했던 유명한 연설 기록이 남아 있습니다. '일장기 연설日の丸演説'이라고 불리는 연설입니다.

"…… 우리의 국기의 한가운데 있는 붉은 원은 더 이상 스스로를 봉인하는 봉투의 봉랍이 아니라, 장래에는 본래의 의도대로 아침 해를 나타내는 존귀한 심벌이 되어 세계의 문명국가들과 어깨를 나란히 해 나아갈 것입니다."

라고 했다고 합니다.

상당히 세련된 표현이네요. 지금까지 서양에서 들을 수 있었던 연설 기교를 나름대로 열심히 수용하고자 했었던 것 같습니다.

도쿄외국어학교東京外国語学校의 제1회 졸업생이었던 구로노 요시부미黒野義文가 이 학교에서 러시아어를 배웠던 선생님도 페테르부르크 태생의 레프 메치니코프라고 하는 망명 혁명가였습니다. 1838년생이니까 대략 이토伊藤와 동시대의 사람입니다. 그가 모국 러시아에 있을 수 없게 되어 제네바에서 살고 있었을 때, 그곳에서 유학을 하고 있는 오야마 이와오大山巌라는 젊은 일본 육군 소장과 알게 되어, 메치니코프가 오야마에게 프랑스어를 가르치고, 오야마가 메치니코프에게 일본어를 가르치는 교환 수업을 하면서 지냈습니다. 이것이 인연이 되어, 메치니코프는 도쿄로 건너가 도쿄외국어학교의 교사가 되었습니다. 즉, 나로드니키 좌파 아나키스트 혁명가였던 메치니코프와 막부 말기 유신 혁명가로서 분주히 돌아다니던 오야마 이와오는 동세대의 청년으로서 친구가 되어 서로의 언어를 교환했던 것이죠.

이토 히로부미도 동시대의 분위기 속에서 청년이 되었는데, 그가 오야마보다 한 살 연상으로, 그리고 메치니코프보다 세 살 연하가 됩니다. 이토 히로부미는 농민으로 태어났지만 아버지가 그를 양자로 들여 '아시가루足軽'라는 하급 보병의 신분이 되었습니다. 런던에 건너갈 때도 그는 아직 정식 사무라이가 아니라 '준 사무라이 신분'이라는 아시가루와 사무라이 사이에 있는 신분을 가진 유신의 혁명가였습니다. 그는 암살자가 되어 사람을 죽였던 경험도 있었습니다. 메이지정부를 탄생 시킨 제1세대의 사람들은 이러한 동란과 테러 속에서 살아남은 사람들이었습니다.

그렇다면 안중근은 어떠했을까요?

이토 히로부미 저격 사건의 공판을 위한 심문 중에 그는 일본어, 러시아어는 모른다고 했습니다. 한문을 공부했으며, 프랑스어도 공부했는데, 그는 가톨릭 신자이기 때문에 프랑스인 선교사로부터 얼마간 공부한 적이 있다는 것이었습니다.

원래부터 안중근은 일본어도 듣는 것은 어느 정도 가능했던 것은 아닐까 하고 생각되는 부분이 있습니다. 일본어 신문에서 한자에 의존하여 의미를 파악하는 것도 가능했었겠죠. 그리고 러시아 영내의 연해주의 거리나 마을을 전전하면서 지내왔기 때문에 러시아어도 서툴게나마 알고 있는 말도 있었겠죠. 혼자서 행동하는 사람들은 대개 그러합니다. 이토 히로부미를 저격했을 때에도 '코레야 우라(한국 만세)'라고 외치기도 했으니까요.

그는 왜 프랑스어 배우기를 그만두었냐고 하는 질문을 들었을 때, 일본어를 배운 자는 일본의 노예가 되고, 영어를 배운 자는 영국의 노예가 되고, 프랑스어를 배운 자는 프랑스의 노예가 되는 것을 피할 수 없다고 대답했습니다. 즉, 그는 지배하는 측의 나라의 말에 편입되는 것을 거부했던 것으로, 이 말이 곧이곧대로 일상의 말을 모른다는 것을 의미하지는 않았을 것입니다.

이토를 저격할 때 '코레야 우라(한국 만세)'라고 외친 것에 대해서조차도, 그 자신은 이후의 조사나 공판에서 '영어로도 프랑스어로도 러시아어로도' 그렇게 말할 것이라고 말했습니다. 즉, 세계어로서 통하는 언어로 자신의 의견을 말했다는 의미인 것입니다. 그 정도로 그는 자신이 사용하고 있는 언어에 대해서 자각하고 있는 사람이었습니다.

어찌되었든, 이와 함께 중요한 사실은 그가 한문에 뛰어났었다는 점입니다. 그의 출신인 조선의 지식층에게 한문으로 기록된 책은 빼놓을 수 없는 필수 교양이었습니다. 즉, 한문은 중국, 조선, 일본, 그러니까 동아시아의 공통의 언어, 적어도 공통의 문장어였던 것입니다. 지금의 일본에서는 한문 지식은 희박해 졌습니다. 한국에서도 그렇겠죠. 그렇지만 당시에는 한문을 통해 동아시아의 모든 나라들의 지식층은 서로 의사소통할 수 있었습니다. 일본에서도 아직 간신히 그러한 문화가 남아 있습니다. 일상적인 용도라면 서민들 사이에서도 한자를 나열해서 쓰는 것을 통해 소통할 수 있습니다. 안중근은 처형 전 형무소에서 우선 자서전을 한문으로 쓰고, 그것을 쓰고 난 뒤에 「동양평화론東洋平和論」이라는 논문을 마찬가지로 한문으로 쓰기 시작했습니다. 먼저 서문을 쓰고, 그리고 본문의 서두 부분을 쓰기 시작했습니다만, 그 무렵 그는 사형을 당하고 말았습니다.

그런데 그는 왜 한글이 아니라 한문으로 그것을 썼을까요?

이는 한문으로 글을 쓰는 것은 조선의 지식인으로서의 자부심이었기 때문일 것입니다. 그렇지만 그것뿐만이 아니었습니다. 그는 일본정부의 관할하에 있는 뤼순旅順 형무소에서 글을 썼기 때문에 당연히 한문을 일본인이 읽을 수 있다는 것을 염두에 두고 있었던 것입니다. 그의 「동양평화론東洋平和論」에는 일본인과 중국인을 대상으로 동아시아의 시민으로서 대등한 독립된 입장에서 평화를 구축해 가자고 하는 호소가 포함되어 있습니다.

이 태도는 검찰관의 통역을 통한 심문 속에서도 기록되어 있습니다. 1909년 11월 24일의 기록부터 조금 읽어보겠습니다.

> 문 : 당신이 말하는 동양평화론이라는 것은 무엇을 의미하는가?
>
> 답 : 그것은 모두의 자주 독립이 가능한 것이 평화입니다.
>
> 문 : 그렇다면 그중 한 나라라도 자주독립이 불가능하다면 동양평화라는 것이 불가하다고 생각되는데, 그러한가?
>
> 답 : 그렇습니다.

재판은 2심제였습니다만, 1910년 2월 14일, 뤼순의 지방재판소에서 사형이 내려진 뒤, 안중근은 항소하지 않았습니다.

여기에는 그의 항의의 의사표시도 포함되어 있다는 것을 놓쳐서는 안 됩니다. 이 판결이 나기 이틀 전의 최종진술에서 안중근은 재판관을 향해 한 시간을 넘는 변론을 펼쳤으며, 그 말미에 다음과 같이 말했습니다.

'나는 한국의 의병이며, 지금 적군의 포로가 되어 있는 상태이기 때문에, 부디 만국공법에 의거하여 처리되어야 한다고 생각합니다.'

즉, 자신들과 일본군은 교전관계에 있기 때문에 국제법규에 의거한 법정에서 대등하게 재판을 받아야만 한다는 것입니다. 그럼에도 불구하고 타국에서 일어난 사건의 피고를 일본의 법정에 데려와서는 재판관도 변호인도 통역도 모두 일본인으로 구성된 상태에서 재판을 진행하는 것은 웃음거리에 지나지 않는다는 비판입니다.

그 하얼빈에서의 사건 당일 이토 히로부미가 안중근에 의해 저격당해 절명하는 찰나, 범인이 한국인이라는 것을 듣고는 '바보 같은 녀석이다'라는 말을 흘렸다고 하는 전설 비슷한 이야기가 전해집니다. 누구의 증언을 바탕으로 한 이야기인지는 알지 못합니다만. 그렇지만 그때 만일 그가 그렇게 말했다고 한다면, 이는 어떤 의미였을까? 하고 저는 생각해 본 적이 있습니다.

…… 이렇게 쇠퇴한 한국을 이제 와서 독립이라는 정론正論만으로 어떻게 되세운다는 것인가? ……

라고 범인에게 되묻고 싶은 기분이 있었던 것은 아니었을까요? 그에게 더 이상 그만큼의 시간은 남아 있지 않았지만 말입니다.

저는 안중근과 이토 히로부미, 이 두 사람의 발언은, 비록 오래된 기억이라고는 하지만, 역시나 도망자가 되어 몸을 의탁할 바 없을 때의 심정을 서로 알고 있는 자들로서의 공통점이 느껴집니다. 이토는 눈앞에 서 있는 젊은 남자가 왜 자신을 습격했는가에 대해, 어느 정도는 그 이유를 추측할 수 있었을 것이기 때문입니다.

…… 그 이유는 제네바의 메치니코프와 오야마 이와오의 만남의 이야기로 설명할 수 있을 것 같습니다.

"일국의 장성인 당신이 타국의 떠돌이 혁명가 따위를 어학 개인 교수로 삼아도 되는 건가요?"

라는 현지 스위스인의 비난에 대해, 오야마는 이렇게 대답했고 합니다.

"이 사람 메치니코프는 우연히 정치적으로는 패배자가 되어 이국땅으로 도망 나와 있을 뿐입니다. 만일 이 사람이 승자가 되었더라면, 지금의 러시아의 고관들이야말로 이국땅의 도망자가 되어 나에게 러시아어를 가르치고 있었겠죠."

즉, 이 말에 들어 있는 의미는 바로 자신도 정치적 패배자가 될 수도 있었다고 하는 자기인식입니다. 적어도 승자와 패자 어느 쪽이 될 확률도 반반으로, 따라서 양자는 서로 대등한 것입니다. 이는 혁명 제1세대에게만 공유되는 감정이 아닐까 생각합니다. 그리고 이 감정은 후대에게는 전해지지 않고 사라져버리죠.

덧붙이자면 오야마의 경우, 지금 자신이 권세를 가진 쪽에 속해 있다는 것에 대해 어느 정도는 떳떳하지 못함 혹은 부끄러운 감정까지도 느끼고 있었던 듯합니다. 왜냐하면 그들은 서로서로가 난민이 될 지도 모르는 운명 속에서 맞섰던 사람들이었기 때문입니다. 지금은 우연히 한쪽만이 그 운명에서 벗어났으며, 패배한 또 다른 한쪽은 유랑하는 신세가 되었지만, 이러한 경우 가슴을 펴고 당당해 질 수 있는 것은 오히려 잘 싸워서 패배한 쪽이라는 불문율도 그들에게는 있었던 듯싶습니다. 어쨌든 그때 그들은 모두 난민이 될 위험을 무릅쓰고 혁명의 길을 걸어 왔던 사람이라는 대등한 입장에서 서로의 언어를 교환했을 것입니다.

저는 총을 맞고 쓰러진 순간 이토 히로부미도 암살자였던 초라

한 신세의 젊은 날의 자신을 희미하게 떠올리지는 않았을까? 그렇게 상상해 보기도 합니다.

…… 자 그럼 긴 이야기였습니다만, 오늘 준비한 이야기는 우선 여기까지입니다. 질문 혹시 있으신지요?

테러리스트인지 아닌지를 판단하는 것은 간단치 않다

남학생 4학년 블라셰프입니다. 고토쿠 슈스이는 간노 스가코에게 어떤 감정을 갖고 있었습니까? 정말로 사랑했다면 자신이 테러에 가담하는 위험을 피하는 것뿐만 아니라 그녀도 테러를 그만두었으면 좋겠다고 생각했을 테고 또 그렇게 하도록 노력했을 것이라고 생각합니다.

작가 아, 그럴 수도 있겠네요. 깜빡 잊고 이야기를 생략해버렸습니다. 제가 생각하고 있던 것을 이야기해 보겠습니다. …… 한 명 더 질문을 받고 나서 한꺼번에 대답하는 것이 좋을 것 같습니다만, 누구 또 질문 없으신가요?

여학생　석사 1학년에 재학 중인 프슈코바입니다. 이야기, 재미있었습니다만, 솔직히 말씀드리면 저의 공부가 부족한 탓에 절반 정도밖에 이해하지 못했다고 생각합니다. …… 그리고 도중에 화장실에 한 번 다녀왔었기 때문에…….

그럼에도 불구하고 질문을 드리는 점 송구스럽지만, 저는 어째서 간노 스가코가 테러리스트가 되고자 결심하게 되었는지 그 점을 잘 모르겠습니다.

작가　조금 사정이 다릅니다.

여러 인물의 이름을 들어 이야기를 했습니다만, 오늘 제가 말하고자 한 것은 이들 인물들 중에서 실제로 사람을 죽인 사람은 이토 히로부미와 안중근 두 명뿐이라는 점입니다.

그 부분을 이야기할 때 학생이 화장실에 다녀왔는지도 모르겠습니다만, 그 점은 매우 중요하다고 강조하고 싶습니다.

이토 히로부미가 암살자가 되어 사람을 죽인 것은 21살 때였는데, 그는 하나와 지로塙二郎라는 국학자를 암살했습니다. 하나와가 에도막부江戸幕府로부터 의뢰를 받고, 덴노 퇴위의 사례에 대한 전거典據를 조사를 하고 있다는 소식을 듣고, 동료 한 사람과 함께 매복하고 기다리다가 두 명이서 그를 일본도로 베어서 죽여 버린 것이죠. 이 하나와塙에 대한 소문은 사실은 잘못된 것이라고도 전해지고 있습니다만, 이토는 그 직전에 영국 공사관을 습격하여 불태우기도 하는 등, 하여간 이 시기에 그는 과격하기 그지없었습니다. 당시에 그는 덴노가 중심이 되는 국가를 만들어, 외국세력을 쫓아내지 않으면 일본은 멸망해 버릴 것이라고만 외곬으로 생각하고 있었기 때문입니다.

한편 안중근은 그로부터 47년 후 이러한 이토 이로부미를 저격했는데, 이때 안중근은 30세였습니다. 그는 권총으로 이토를 사살했습니다.

이 두 사람에게는 대조적인 점이 있습니다. 우선 이토는 영국 공사관을 습격하여 불태웠으며, 또한 암살도 저질렀습니다. 그리고 그는 그 이듬해에 영국으로 유학을 가기 위해 밀항을 했습니다. 그리고 하나와 지로를 죽일 때에는 혼자가 아니라 두 명이었습니다. 그리고 현지에서 영어를 공부하고 나서 그는 일본이 개국을 해야만 한다고 생각을 바꾸고 모국으로 돌아왔습니다.

안중근에게도 만일 그 후의 인생이 있었다고 한다면 어땠을까요? 그는 외국어를 공부하는 것은 그 나라의 노예가 되는 것이라고 말하고(저는 그가 그렇게 진심을 담아 이 말을 했다고 생각하지는 않습니다만), 또한 노예가 되는 것을 거부하다가, 결국에는 상대국에 의해서 처형당했습니다. 그러한 그였지만, 그는 언젠가 살아서 목적을 달성할 수 있다면 미국에 건너가 그 나라의 독립의 아버지 워싱턴을 추도하고 싶다는 희망도 품고 있었습니다. 이렇게 그는 결코 타문화에 대해 완고한 태도를 지닌 인물은 아니었습니다.

이러한 인물들과 비교해 보면 확실히 할 수 있는 것은, 간노 스가코와 그의 동지들에게는 안중근과 이토 히로부미와 달리 국가 원수에 대한 암살을 실행할 정도로 눈에 띄게 강한 동기는 없습니다. 그저 말뿐이었던 것입니다. 어떻게 하면 정말로 확실하게 덴노에게 폭탄을 던질 수 있을 것이며, 또한 그것이 치명상을 입할 수 있을까, 그리고 거사 뒤에 어떤 방법으로 어떤 사회변혁을 꾀하고 있는가에 관하여 의논한 흔적이 전혀 없습니다.

간노에 대해 말하자면, 바로 수년 전까지 오사카의 권업박람회勧業博覧会에서 '나니와 오도리浪花踊り'를 상연하는 것은 용납할 수 없다는 기사를 신문에 열심히 기고하는 세상물정 모르는 완고한 여기자였습니다. '매춘부'들의 춤을 이러한 곳에서 공연해서는 안 된다는 것이 그녀의 논리었습니다. 여기서 매춘부란 오사카의 게이샤芸者들을 가리키는 말이었습니다. 오사카의 네 곳의 환락가의 게이샤를 총출연시키는 계획이 미풍양속에 반한다는 것이 그녀의 생각이었습니다. 이는 러일전쟁 직전의 이야기입니다. 그녀는 그녀의 이 주장에 공감해 주었던 부인교풍회婦人矯風会에 들어가 기독교 신자로서 세례를 받았습니다. 음, 이렇게 말하면 조금 뭐하긴 합니다만, 그녀의 기독교에 대한 신앙은 그 정도의 수준의 것이었습니다.

이윽고 러일전쟁이 발발하고 난 뒤 얼마 있다가 그녀는 도쿄의 '평민사平民社'에서 사카이 도시히코堺利彦를 방문했습니다. 그것이 그녀가 사회주의 운동에 대한 입문하게 된 계기이며, 그녀가 23세가 되던 해의 일입니다. 대역죄로 사형에 처해질 때까지 그녀에게는 앞으로 6년 반이 남아 있을 터였습니다.

니무라 다다오는 앞서서도 말씀드렸지만, 신슈信州 야시로초屋代町의 유복한 농가의 자식이었습니다. 소학교를 졸업하고 보습과에서 1년을 더 다니고 나서 집안일을 돕고 있었습니다. 똑똑한 젊은이였습니다만, 아직 그렇게 세상물정에 밝지는 않았습니다.

후루카와 리키사쿠古河力作는 도쿄 다키노가와滝野川의 원예장園藝場에서 일하는 정원사였습니다. 그는 정말로 마음 착하고 꽃과 식물을 기르는 데에 열의를 갖고 있는 사람이었다고 합니다. 대역죄를 묻는 재판에서도 '꽃을 사랑하는 원예업자가 범죄인이 된 경우는 거의 없다'고 하는 이야기도 나왔다고 할 정도니까요. 출생은 후쿠이현福井県 운빈무라雲浜村입니다. 사람의 시선을 끌 정도로 작은 체구의 남자였습니다. 체포당하기 약 2년 전부터 때때로 '평민사平民社'를 찾았는데, 3년 연하인 니무라와 알게 된 것도 바로 '평민사'에서였습니다.

미야시타 다키치宮下太吉는 체포당할 때까지 후루카와古川와는 얼굴도 한번 마주친 적이 없었습니다. 그 정도로 허술한 '대역大逆' 계획 따위가 있을 수 있겠습니까? 그가 후루카와 리키사쿠의 모습을 처음 본 것은 대법원의 법정 혹은 일러도 체포당한 후 도쿄 형무소에 송환되고 나서의 일이었을 것입니다. 또한 미야시타에게도 그가 일간 『평민신문平民新聞』에서 사회주의라는 말을 처음 접하고 나서 체포당할 때까지 그에게는 약 3년의 시간밖에 주어지지 않았습니다.

한편 기슈紀州 신구新宮에서 오이시 세노스케의 주변을 드나들었던 나루이시 헤시로成石平四郎라는 남자도 형인 간자부로成石勘三郎를 도와 폭탄을 만들고자 하기는 했으나, 이것이 무엇이며 구체적인 계획에 어떻게 연결되는지 알고 있었던 것은 아닙니다. 그는 원래 선장이나 목재운반선의 청부업 등을 하고 있기는 했습니다만, 점점 빚이나 병, 가족 간의 불화 등으로 자포자기와 같은 심정에 빠져 있었다고 합니다.

그들과 동시대인 20세기 초반에 미국의 연방 최고재판소에서 오래 근무했던 올리버 웬들 홈스Oliver Wendell Holmes는 좌익 노동자운동이나 무정부주의자가 정부전복을 주장하고 있다는 것을 이유로 미국의 법정이 그들에게 중형판결을 내리고자 하는 경향이 강화되고 있는 것에 반발하여 그러한 피고들의 평상시의 주장은 미숙한 이상을 주저리주저리 늘어놓을 뿐인 것으로 마치 '소들이 흘리는 침'과 같기 때문에, 그런 것들에 대해 일일이 진지하게 심리의 대상으로 삼아서는 안 된다고 주장했습니다. 이에 비추어 생각해보면, 대역사건大学事件의 피고들을 사형에 처하기 위해 늘어놓은 죄상도 또한 '소들이 흘리는 침'을 모아놓은 것에 지나지 않습니다.

어찌되었든 간에, 가령 아무리 사회에 관심이 많은 인간이라도 이념만으로 살 수 없습니다. 즉, 그 어떤 인간에게도 하루는 24시간밖에 허락되어 있지 않다는 점입니다. 그 24시간 안에서 먹고, 일하고, 생각하고, 싸운다고 하면 싸우고, 사랑하는 사람은 사랑을 하고, 잠들고, 목욕하고, 이 모든 것을 모든 사람이 하루 24시간 동안 하지 않으면 안 되는 것입니다. 이는 주부라도, 대통령이라도, 노동자도, 연금 생활을 하는 노인도 마찬가지겠죠. 한 사람 한 사람 그것이 자신의 자리에서의 삶인 것입니다. 이념만으로 세상에 나와 한없이 제멋대로 날뛰고 다닐 수만은 없는 것입니다. 어떤 사람이라도 매일 하지 않으면 안 되는 일을 우선 자신의 자리에서 하지 않으면 안 됩니다. 너무나 당연한 것이기 때문에 그 누구도 일부러 입에 담지는 않습니다만, 이 세계라는 것은 누구에게고 그러한 공통된 전제를 부여하고 있는 것입니다.

여하튼 제가 생각하기에, 피할 수 없는 시련이라는 것에 맞닥뜨렸을 때, 인간이 취하는 행동 양식에는 얼추 두 종류의 유형이 있다고 생각합니다.

그 첫 번째는 혼자만의 장소를 찾아 그곳에서 울고자 하는 인간.

그리고 또 하나는 울기 전에 누군가 옆에 있어줄 사람을 찾고자 하는 인간입니다.

저는 간노가 전자, 고토쿠가 후자로, 각각 이 두 가지 유형의 전형적인 인물이라는 생각이 듭니다. 아라하타도 어느 쪽일까 하면

후자가 되지 않을까요?

첫 번째 유형의 인간은 그 행동의 무대 뒤에 가능한 한 다른 사람에게는 알려지지 않는 비밀의 방과 같은 것을 갖고 있는 사람입니다. 때때로 그곳에 틀어박혀 울기 때문입니다. 그렇기 때문에 이러한 사람을 자세 살펴보면 그의 이력에는 간단히 메꿀 수 없는, 칠하다 만 것과 같은 공백 부분이 여기 저기 남아 있게 됩니다.

간노 스가코의 경우가 바로 그렇습니다.

예를 들어 적기사건赤旗事件이 발생했을 무렵 수상이었던 사이온지 긴모치西園寺公望는 간노와 만난 적이 있다는 회상을 남기고 있습니다. 사이온지가 이것을 밝힌 상대는 고이즈미 산신小泉三申이라는 인물인데 그는 고토쿠와 오랜 친구로 그에게 유가와라湯河原의 여관에 머물며 대중을 상대로 한 역사 이야기를 쓰도록 권했던 사람이기도 합니다.

음, 그러니까 사이온지는 다음과 같이 말했습니다.

> 당신의 친구 고토쿠의 동지 중에서 여자가 있었지, 간노 스가菅野スガ…… 그 여자가 찾아왔기에 스루가다이駿河台의 집 2층에서 만난 적이 있어. 미인은 아니었어, 무슨 이야기였더라, 잘 기억은 잘 안 나지만, 나쁘지는 않았어. 조용하게 잘 이야기하고 갔지. …… 간노를 만나던 것은 그렇게 오래전 일이 아니야. 얼마 지나지 않아서 사건이 일어나서 간노의 이름이 나왔을 때, 저 여자가? 라고 생각했던 적이 있어.

언제 만났을까? 그리고 무슨 이유로 만났을까?

그것을 알 수가 없습니다.

스루가다이駿河台는 사이온지의 저택이 있던 도쿄의 지명입니다. 부근에는 큰 돔 형태의 지붕을 한 니콜라이당이 있었습니다.

얼마 지나지 않아 일어난 '사건'이라고 하는 것은 '대역사건'을 가리키는 것이겠죠.

어쨌든 사이온지와 같은 권력을 쥐고 있는 정치가에게 면담을 신청하고 쉽게 허가를 받을 수 있었던 것은, 그녀가 『마이니치전보每日電報』의 기자였기 때문이었을 것입니다. 그녀는 1906년 말부터 1908년 6월 '적기사건赤旗事件'이 일어날 때까지의 신문기자였고, 그 기간 동안 사이온지는 제1차 사이온지 내각의 수상이었습니다.

다만, 이 기간 중에도 간노는 결핵으로 인해 요양을 다녀온 기간이 있었는데, 1907년 5월 상순부터 7월 상순에는 하쓰시마初島에, 그리고 그해 말부터 다음해 1908년 3월 초 무렵까지는 지바千葉의 요시하마吉浜에 다녀왔기 때문에, 이 기간을 제외하면 사이온지와 만날 수 있는 기간은 더욱 좁혀집니다. 그렇지만, 『마이니치전보』에서 간노의 이름으로 나온 사이온지에 대한 취재 기사는 발견할 수 없습니다. 하지만, 사이온지와의 면담을 통해 얻은 정보를 통해 작성된 무기명 기사가 있을 가능성은 남아 있습니다.

어느 쪽이든 간에 문제는 간노가 도대체 왜 사이온지를 만나려고 했는가라는 점입니다. 간노가 아라하타나 고토쿠를 포함한 사회주의운동 동지들에게 수상 사이온지와 만나고 왔다는 사실 등을 이야기한 흔적은 그 어디에서도 찾아볼 수 없습니다. 그렇기 때문에 그녀에 관한 전기 연구에서도 이에 관해서 다룬 것은 제가 알고 있는 한 하나도 없습니다. 그렇지만 사이온지는 문인 출신 수상으로도 알려져 있는 명문가 귀족(구게公家) 출신의 인물로, 교양이 높았으며, 학자와 문인으로부터 가부키歌舞伎 배우에 이르기까지 다양한 인물들과 폭넓은 교류를 갖고 있었습니다. 또한 그는 여성에 대한 독특한 입장을 가진 인물이었습니다. 항상 가까운 곳에 여성을 두었습니다만, 정식으로 결혼한 적은 한 번도 없이 긴 생애를 보냈습니다. 간노와 같은 인물의 요청이 있었다면 그는 한 번쯤 이야기를 나눠볼까 하고 관심을 가졌을 법도 합니다. 그렇지만 어떤 이유로 그녀가 그를 만나려고 했는지는 여전히 밝혀지지 않았습니다.

또 한 가지 다른 가능성은, 구니키다 돗보国木田独歩라는 작가가 한때 경제적으로 곤궁해서 사이온지의 식객과 같은 형태로 몸을 의탁하고 있던 적이 있었습니다. 간노는 구니키다 부부, 특히 부인인 하루코治子와 교제가 있었기 때문에 그와 같은 경로로 면담 기회를 얻었다고 생각할 수도 있습니다. 그렇지만 어떠한 일이 화젯거리였는지는 이렇게 생각해 보아도 역시 잘 모르겠습니다.

사이온지는 메이지기明治期 초기, 자신의 20대 거의 전부를 프랑스에서 유학생활을 하며 지냈습니다. 프로이센-프랑스 전쟁(보불

전쟁) 후에 성립된 노동자, 시민에 의한 혁명적 자치 공간인 '파리 코뮌' 속에서의 생활을 직접 경험했던 매우 소수의 일본인 중 한 명이었습니다. 코뮌 속에서도 학교 등은 평온하게 운영되었기 때문에, 그는 학교를 다니며 공부하고 자유롭게 시내를 활보하면서 살았다고 합니다. 이와 같은 경험은, 그로부터 35년 후 고토쿠 슈스이가 샌프란시스코 대지진의 뒤에 목격한 '무정부 공산제의 실현'의 경험과도 유사하다고 할 수 있겠습니다. 단 사이온지의 경우, 파리 코뮌이 붕괴되는 최후의 며칠 사이에 일어났던 약탈, 방화, 살육 등의 참상도 목격했습니다. 그렇기 때문에 그는 이 기억을 이상화하지도 또한 폄훼하지도 않았습니다.

앞서 페테르부르크에서 태어난 메치니코프라는 망명 혁명가가 스위스의 제네바에서 오야마 이와오大山巌라는 일본의 젊은 군인과 만나 서로 프랑스어와 일본어를 가르쳐주었다는 이야기를 했었죠? 사실 이 만남에도 사이온지가 연관되어 있습니다.

메치니코프는 제네바에 가기 전에 당시 파리에는 드 로니라는 일본어를 구사하는 선생님이 있어서 그의 곁에서 일본어를 배우고자 청하러 갑니다. 그러자 드 로니는 자신이 가르치는 것보다 지금 '일본의 젊은 다이묘大名'가 여기에 유학을 와서 제네바에 머물고 있으니 그에게 청하여 일본어를 배우도록 소개장을 써 주었습니다. 메치니코프는 그것을 들고 제네바까지 '일본의 젊은 다이묘'를 만나러 갑니다만, 이미 그 인물은 다음의 여행지로 출발해 버렸습니다. 그리고 그 인물이 머물고 있을 터였던 집에는, 그에게 소개를 받고 교대로, 프랑스어를 전혀 하지 못하는 오야마 이와오가 살고 있었던 것입니다.

즉 메치니코프는 그가 최초로 만나고자 했던 인물을 '일본의 젊은 다이묘'라고 믿고 있었지만, 정확히 말하면 그는 일본의 젊은 귀족, 즉 '구게公家'로 피서를 위해 파리에서 제네바에 찾아왔던 사이온지 긴모치였던 것입니다. 이러한 경위도 사이온지의 자서전에 나와 있습니다.

후일, 사이온지가 제네바에서 하숙하고 있었던 집의 주인과 만났을 때, 그 사람은 '당신은 프랑스어가 너무 유창해져서 자기가 돌보아 주었던 보람이 있다고 기뻐했습니다만, 오야마 씨는 반년 동안 조금도 변하지 않았다'고 웃었다고 합니다. 메치니코프에게 배우기는 했지만, 오야마의 프랑스어는 조금도 늘지 않았던 것입니다.

자, 그럼 다시 돌아가 이야기를 해 보도록 하겠습니다.

그런데 사이온지는 이 파리 생활 속에서 젊은 날의 나카에 조민中江兆民과도 알게 되어 친한 친구가 되었습니다. 나카에 조민은 고토쿠 슈스이가 생애 동안 존경해 왔던 그의 선생님입니다. 고토쿠는 이 특이한 사람에게 공부 방법부터 사고하는 법, 문장을 쓰는 법, 가난 속에서 살아가는 방식까지 모든 것에 걸쳐 가르침을 받았습니다. 또한 고토쿠가 집착했었던 정치적인 급진사상과 자신의 저널리즘 등의 배경도 그가 나카에中江로부터 배운 것으로, 루소와 유사한 사고와 한문파의 교양으로 특징지을 수 있는 사람입니다.

사이온지는 일본에 귀국한 후, 나카에와 함께 자유 민권을 기치로 하는 『도요지유신문東洋自由新聞』의 발행에 참여했습니다. 사이온지는 사장직을 제안 받고 이를 받아들였으며, 이어 그는 나카에에게 주필을 맡아줄 것을 부탁하게 된 것입니다. 그렇지만 작위 귀족의 당주에 해당하는 사이온지가 자유 민권운동을 선도한다는 것이 정부・궁중으로부터 문제시되었고, 더욱이 덴노에 의한 내각 명령까지 내려와 그는 퇴임할 수밖에 없었습니다.

청년시절 사이온지가 겪은 경험은 이후 그의 사회적인 사고방식의 원형을 만들었던 것은 분명한 일입니다. 그렇지만, 그로부터 오랜 세월이 지나 사이온지는 이제 덴노의 나라의 정권 담당자가 되었습니다. 한편 옛 친구인 나카에 조민은 권세에 끊임없이 저항하며 빈곤에 허덕이다 한참 전에 죽었으며, 지금은 그의 제자인 고토쿠 슈스이조차 자신의 생명을 갉아먹으며 활동하고 있는 형편이었습니다. 그러던 중 어떠한 이유에서인지 간노 스가코는 이 국가를 향해 활시위를 당기는 자로서 사이온지와 한 차례 조용히 마주 앉았던 것입니다.

야나카마을谷中村에서 뤼순旅順으로

사이온지西園寺의 정치적 견해를, 그를 이어 내각을 이끌었던 가쓰라 다로桂太郎와 비교하여 마치 라이벌과 같은 자세라고 생각하기 쉬우나, 실제 사이온지 내각의 통치를 비추어 보자면 반드시 그러하지도 않았습니다.

대한제국의 황제였던 고종을 퇴위시키고 제3차 한일조약을 맺은 것이 바로 가쓰라 정권이었습니다. 이에 따라 한국군은 해산되었으며 일본 지배에 의한 한국의 식민지화는 깊어만 갔습니다. 이를 기점으로 그 흐름에 저항하여 안중근도 가담했던 항일 의병투쟁이 더욱 활발해 졌는데, 이는 해산된 대한제국의 국군들 중 대다수가 의병에 합류하는 것을 선택했기 때문입니다.

한편 일본 국내의 아시오 광산의 갱부들에 의한 폭동은 군대까지 투입시켜 진압했지만, 광독鑛毒은 광산으로부터 와타라세강渡良瀨川으로 흘러들어가 사라지지 않았습니다. 이에 대한 대책으로 치수와 함께 광독鑛毒을 침전시키기 위한 저수지 조성이, 퇴거를 거부하는 야나카마을谷中村 주민들의 거주지를 강제로 파괴하면서 추진되었습니다.

사이온지의 성격이 자유로운 것은 분명합니다만, 그의 리버럴

리즘은 한국병탄, 야나카마을의 파괴를 문제시할 정도는 아니었던 것입니다.

와타라세강渡良瀬川의 저수지 조성사업의 추진 책임자였던 도치기현栃木県 지사 시라니 다케시白仁武는 2년 6개월 후 도치기현의 지사를 이임하고 떠났으나, 1906년 여름, 홍수에 가라앉은 야나카마을 부근의 실태를 보고, 이 연못이 홍수를 조절하는 데에 있어서 아무런 역할도 하지 못한다는 것을 깊이 실감했다고, 공적인 자리에서 아픈 마음을 언급했습니다.

'인수인계하고 떠난 이 일을 다시금 떠올리자면, 매우 부끄럽기 그지없다.'

시라니 다케시는 그 후, 한동안 문부성 내국 근무를 거쳐, 1909년 5월 다음 부임지인 랴오둥반도 뤼순旅順의 관동도감부 민정장관의 자리에 취임하게 됩니다.

따라서 그의 모습은 1909년 가을, 나쓰메 소세키의 「만주와 한국 여행기満韓ところどころ」 속에도 다시금 나타납니다.

> 신新 시가지의 시라니白仁 장관의 집에 방문했을 때, 살고 있는 집이 상당히 좋은 곳이었기에, 원래는 누가 살던 곳이었습니까? 라고 묻자, 확실히는 모르나 어떤 대령의 집이었다라고 했다. 이런 집에 살며, 이런 경치를 바라볼 수 있다면, 내지를 떠난 충분한 보상이 될지도 모르겠습니다라고 말하자, 시라니白仁 군이 웃으며, 일본에서는 여간해서는

이런 집을 구할 수 없지요라고 말했다.

여기에서 '대령'이란 러시아 군의 장교를 의미합니다. 즉, 러일 전쟁까지 이 땅을 지배하고 있던 러시아의 군인들이 떠나고, 지금은 이 집들에 일본에서 부임한 고급관리나 남만주철도의 고급사원들이 살고 있는 것입니다.

참고로 이 시라니 다케오의 동생은 사부로三郎인데, 예전에 소세키漱石의 제자였던 청년입니다. 1907년 소세키가 도쿄제국대학東京帝国大学 등에서 교수직을 버리고 『아사히신문朝日新聞』의 사원 그러니까 전속 작가가 되어 펜 하나로 먹고 살기로 결심했을 때, 시라니 사부로는 그와 신문사 사이를 오가며 조건 등을 조율하는 교섭 역할을 맡았습니다. 소세키에게 있어서 마음을 솔직하게 털어놓을 수 있던 젊은이였던 것이겠죠. 시라니 사부로도 이후 『아사히신문』의 기자가 되어 양아버지의 사카모토坂元의 성을 따라 '사카모토 셋초坂元雪鳥'라는 이름으로 활동하며, 노가쿠能楽• 평론가로 유명해졌습니다.

•【역주】노가쿠能楽 : 연기자의 절제된 표현과 양식화된 무대장식으로 유명한 일본 전통 가면 음악극.

만주와 한국을 여행 중이었던 소세키는 이처럼 친구였던 만주철도의 총재 나카무라 제코中村是公를 시작으로 실로 많은 지인들에 둘러싸여 지냈습니다. 이는 단순한 우연이 아닙니다. 왜냐하면 그들의 학생시절, 국립최상위 고등교육기관이었던 '제국대학帝国大学'은 도쿄에 단 한 곳밖에 없었습니다. 소세키 본인도 그렇지만, 만주에서 재회한 젊은 시절부터 알고 지냈던 지인들의 대부분은 그곳의 졸업생이었습니다. 식민지를 포함하여 일본 국내의 중추가 되는 요직은 이 학교에서 제도적으로 길러 낸 엘리트 인재로 채워지는 시대였습니다. 더 이상 유랑하는 혁명가들이 일본의 학교의 교단에서 학생들에게 무언가를 전하던 시대는 지나간 것입니다.

오늘 앞서서 이야기했던 『만주일일신문滿州日日新聞』에 게재된 「한만소감韓滿所感」은 나중에 유인물을 한 번 더 살펴보시면 알게 되실 거라고 생각하지만, 왠지 만주를 건너간 소세키는 현지의 일본인 지인들을 상대로 거주나 생활에 대한 질문만을 하는듯한 인상을 줍니다. 물론 도쿄에서 소세키 일가는 많은 아이들과 함께 비좁은 셋방살이를 계속해 왔기 때문에 더욱 살기 좋은 주거환경에 대한 동경이 생기는 것도 무리는 아닙니다.

그러나 여기에서 유의할 점은, 이 신문이 만주철도가 경영하는 것이었고, 자연스럽게 소세키의 글은 현지에서 신세를 진 관계자들에 대한 인사 그리고 감사의 말에 중점을 두고 있다는 점입니다. 즉, 소세키에게 있어서 이 글은 일본 내에 있는 종래의 독자층보다, 관동주 등 만주 현지에 나가 있는 식민지 일본인을 대상으로 쓴 것이라는 점입니다.

참고로 「한만소감」에서 '조선에서 내가 일주일간 귀찮게 한 지인'이라고 하는 사람은 당시 한국 통감부의 회계부문의 책임자였

던 스즈키 시즈카鈴木穆라는 인물로, 소세키 부인 교코鏡子의 여동생 남편의 동생입니다. 복잡하지만 아시겠어요? 어쨌든 이 사람은 가족들이 '시즈카 씨穆さん'라고 부르는 사람으로, 이 관계를 알게 되면 이 구절에서 조금 가벼운 어투가 섞여 있다는 것을 이해하게 될 것입니다.

그럼에도 불구하고 이 기고에서 소세키의 글쓰기는 어떤 면에서 어딘가 적적하고 쓸쓸해 보입니다. 왜 그럴까요?

…… 예를 들어, 이 여행에서 소세키가 가지고 있던 일기장에는 만주로부터 압록강을 건너 한국에 들어가서는, 현지의 일본인의 소행에 대해 그는 다음과 같은 종류의 소문도 기록했습니다.

> '기한을 정해서 돈을 빌려주고, 기일에 갚으려고 하면 부재중이라고 속여 다음날 담보를 빼앗는다. 천 엔을 보증금으로 천 엔에 대한 증서를 쓰게 하여 다시 소송을 건다. 이렇게 자신의 땅을 마구 확장하며 영역을 넓힌다.
>
> 나는 한국인이 불쌍하다.'

조선인에게 돈을 빌려주고, 상대방이 기일에 돌려주러 왔을 때에 일부러 부재중을 사칭하고, 다음날 돈을 갚지 못한 것은 계약위반이라고 하여 담보를 빼앗습니다. 이러한 악랄한 수법이 여기 한국에서는 태연하게 이루어지고 있다고 쓰고 있는 것입니다.

'조선인을 괴롭혀 부자가 되자마자 이번에는 조선인에게 속는 자도 있다.'

그렇게 돈을 벌자마자, 이번에는 같은 조선인에게 사기를 당한다. 이는 소세키가 좋아하는 라쿠고落語[•] 같은 이야기군요.

• 【역주】 라쿠고落語 : 일본의 전통 예능 중 하나인 만담.

출발 전부터 이 여행 중 내내 그는 위통에 고통스러워했습니다. 그런데 아무래도 「한만소감韓滿所感」에는 이치에 맞지 않는 부분이 계속해서 보입니다.

지난 여행 때 한 가지 느낀 점은, 내가 일본인으로 태어났다는 것을 다행이라고 자각할 수 있었던 점이다. 내지(일본)에서 두려워 떨고 있을 때에는 일본인만큼 불쌍한 국민은 세상에 절대 없을 것이라는 생각에 시종 압박에 시달렸는데, 만주에서 조선에 건너온 나의 동포가 문명 사업의 각 방면에서 활약하여 매우 우월한 존재가 되어 있는 모습을 보고, 일본인도 매우 믿음직한 인종이라는 인상이 머릿속 깊이 각인되었다.

동시에 나는 중국인이나 조선인으로 태어나지 않아서 다행이라고 생각했다. 그들을 눈앞에 두고 승자의 패기를 지니고 자신의 일에 종사하고 있는 나의 동포들이야말로 진정한 운명의 총아라고 말하지 않을 수 없다.

물론 식민지 일본인들이 대체적으로 진취적인 기질이 풍부하고 노력하고 분투하는 기개에 가득 차 있다는 것에 대해 소세키로서도 매우 믿음직스럽게 생각했을 것입니다. 다만, 그것을 '승자의 패기', '진정한 우명의 총아' 등 보통 때라면 사용하지 않을 강한 단어로 단언해야만 했던 점에서 오히려 반대로 초라함과 떳떳하지 못함을 느낍니다.

왜냐면 그는 자신이 중국인이나 조선인으로 태어나지 않아서 '다행이다'라고 솔직하게 표현하지 않으면 안 될 정도로, 한정된 여정 속에서도 이미 공평함이 결여된 비참한 현실을 보고 들었기 때문입니다.

소세키는 일부러 이런 어투를 선택했을까요?

당연하죠. 그 외에 무슨 이유가 또 있겠습니까.

"개처럼 살던 시대는 지났다"고 그녀는 말했다

한 명 더, 남들에게 보이지 않는 자신만을 위한 방을 가지고 있다고 생각되는 인물에 대해 짚고 넘어가겠습니다.

그녀는 고토쿠 슈스이로부터 억지로 이혼 당했던 그의 전처, 모로오카 지요코師岡千代子입니다.

…… 조금 읽어보겠습니다.

> 원래 나는 작년부터 독립하여, 지요~ 지요~ 라고 불리던, 개처럼 살던 시대는 지나고, 지금부터는 모로오카 지요코라는 한 명의 인간이고자 합니다.

이는 지요코가 고토쿠의 고향 도사土佐에 있는 그의 친척들 앞으로 쓴 편지의 일부분입니다. 딱히 특정하고 있지는 않지만, 수신자는 아마도 고토쿠의 노모, 다지多治일 것입니다. 일자는 1910년 9월 말로, 이미 고토쿠와 그의 동지들은 '대역사건大逆事件'으로 모두 체포되어 조사를 받고 있었을 때였습니다.

"…… 원래부터 저는 작년부터 이미 이혼하여 독립한 상태이기 때문에, 이제 당신들로부터 무슨 일이 있을 때마다 '지요千代~ 지요'라고 개처럼 불리던 시대는 끝났습니다. 지금은 '모로오카 지요코師岡千代子'라는 한 개인으로 독립한 인간이고자 합니다……."라고 그녀는 분노를 담아 날카롭게 쏘아붙였던 것입니다.

어떤 상황인가 하면, 같은 해 5월 초에 간노 스가코는 지금까지 고토쿠와 함께 머물고 있던 유가와라온천湯河原温泉의 아마노야天野屋여관을 나와 벌금 대신 실형을 받기 위해 도쿄로 향했습니다. 그리고 6월 초에 고토쿠는 이 온천에 혼자 머물고 있다가 '대역사건'

의 용의자로 체포됩니다.

실은 5월 초에 간노가 유가와라온천을 나서기 전에 그녀와 고토쿠의 사이에서 결별 이야기가 나와, 어찌된 일인지 '자 그럼 헤어지자'라는 상황이 되어버렸다고 합니다. 결별의 말을 먼저 입 밖에 낸 것은 간노였습니다. 그녀는 이제부터 서로 다른 길을 걷게 될 것이라고 생각했습니다. 자신은 폭탄으로 테러를 저지르는 방향으로 나아갈 것이고, 고토쿠는 글로써 운동을 계속할 것이기 때문에 이 관계에도 선을 그어두고자 했던 것 같습니다.

둘 사이에서 무언가 감정의 어긋남도 반복되었을 것입니다. 그리고 아마도 간노에게는 그 무엇보다도 만일 자신들이 테러 계획이 발각이라도 되게 된다면 아무 관계도 없는 고토쿠마저 체포될 것이기 때문에 그것만은 피하고 싶다고 하는 배려도 있었던 것이겠죠.

반전이라고 해야 할지 말아야 할지 …….

그렇게 간노가 유가와라온천에서 도쿄로 떠난 다음 날, 5월 2일에 고토쿠는 오사카에 있는 전부인 모로오카 지요코 앞으로 편지를 보냈습니다. 어떤 내용인가 하면,

"…… 병에 걸렸다고 들었는데 상황을 몰라 걱정하고 있습니다. 간노와는 사정이 있어 '헤어지기'로 했습니다. 당신만 좋다면 다시 도쿄로 와서 여기서 함께 살지 않겠습니까? ……"

라는 뻔뻔하기 그지없는 내용이었습니다.

지요코도 역시나, '예 알겠습니다' 하고 그 제안을 따르고 싶을 리 없었습니다. 작년에는 고토쿠의 일방적인 변덕에 강제로 받아들일 수밖에 없는 모양새로 울며 겨자 먹기로 이혼을 당했던 사연이 있었으니 말입니다. 그래서 그녀는 "당신은 도대체 무슨 생각인 겁니까, 상경하여 몸을 둘 곳조차 명확하지도 않은 채 도저히 지금 당장 그렇게 할 수는 없습니다"라는 내용의 편지를 고토쿠에게 보냈습니다. 그에 대해 고토쿠는 다시금 편지를 썼습니다.

"…… 가까운 시일 내에 나도 도쿄에 가야만 하는데, 돈도 없고 해서, 작은 방이라고 빌려 자취를 하려고 생각하고 있는데. …… 무언가 생각이 있으면 알려주세요. ……"
라는 짐짓 의미심장한 문장입니다.

이것은 자신의 시중을 들러 도쿄로 돌아와 달라는 말이죠? 그렇지만, 명확하게 그렇다고는 적지 않습니다. 지요코가 그렇게 말해 주기를 기대하는 듯한 말투입니다.

이런 부분에서 앞서 말했던 고토쿠라는 인간의 유형이 잘 드러나 있죠? 자신이 울기 전에 누군가 여자가 곁에 있어주었으면 하고 바라는 것인데, 그 욕망을 제어할 수 없는 것입니다. 그는 막내로 태어나 아버지를 빨리 여의었습니다. 그런 이유도 있어서인지, 늙은 모친에 대한 효도로 유명한 사람이었습니다. 그렇지만 그런 만큼 그는 예전에 어머니가 자신에게 해 주었던 역할을 자신과 관계를 맺은 여성들에게 바라는 부분이 있었던 것 같습니다.

그러던 와중에 6월이 되자, 고토쿠도 체포당하게 됩니다. 그리고 지금 언급했던 지요코의 편지들도 증거물로서 모조리 다 경찰에게 압수당하고 말았습니다. 그래서 경찰은 그들의 남녀관계 등에 관해서도 가장 잘 알고 있었습니다. 그래서 예심 판사는 취조를 받고 있던 간노에게 이 편지들을 들이댔습니다. '…… 네가 모르는 사이에 고토쿠가 대체 어떤 짓을 하고 있었는지 알려 주겠노라……'고 하는 말. 이를 통해 피의자의 저항심을 꺾어버리고자 하는 관헌들의 상습수법입니다.

간노는 그와 같은 편지를 보고 비참하고도 슬프기도 했을 것입니다. 그렇지만 그녀는 예의 예심 판사에게 전언을 부탁합니다. 고토쿠에게 한 번 더 다시금 자신들의 결별을 전해달라고.

이것이 6월 중순에 일어난 일입니다. 그녀가 옥중에서 몰래 스기무라 소진칸과 요코야마 가쓰타로에게 점자로 편지를 보내, 고토쿠의 구명활동을 부탁한 때로부터 일주일 정도 후의 일입니다. 간노는 고토쿠가 그런 남자인 것을 몰랐을 리 없습니다. 그렇지만 그렇기 때문에 그녀는 어떻게 해서든 모든 수단을 총동원해서 그를 살려내야겠다고 한층 더 강하게 생각했을지도 모릅니다. 왜냐하면 편지에는 그렇게라도 살아가려는 그의 의지가 확고하게 드러나 있었기 때문입니다. 하지만, 간노에게는 왠지 그러한 의지가 보이지 않았습니다. 그리고 그런 점을 누구보다도 그녀 자신이 확실히 느끼고 있었던 것은 아닐까 생각합니다. 그녀의 인생도 쭉 그러했던 것은 아닐 테니 말입니다.

어쨌든 그러던 와중에 모로오카 지요코는 옥중의 고토쿠와의 거듭된 편지에 설득당해 결국 여름이 끝나갈 무렵, 류마티스에 시달리는 아픈 몸을 이끌고 도쿄로 향했습니다. 그리고 가을에는 아주 작은 방을 메구로目黒에 구했습니다. 그리고 고토쿠에 대한 옥바라지를 하며 시중을 들었습니다. 그러나 그녀가 일단 제안을 받아들이자, 고토쿠의 고향에서도 지금까지의 사정은 까맣게 잊은 것처럼, 이거 해라 다음에는 저거 해라처럼 끊임없는 주문과 요구만 거듭되자, 결국에 화가 치민 지요코千代子가 앞서 소개했던 것 같은 날카롭게 쏘아붙이는 편지를 고토쿠 집안의 일족 앞으로 내던진 것입니다.

지요코도 고토쿠와 함께 살고 있을 동안에는 여하간 집이 '평민사平民社'였던 만큼, 그 활동을 돕기는 했습니다. 그렇다고는 하지만, 물론 그것은 고토쿠의 부인으로서의 관여였기 때문에 간노와 같은 적극적인 관여와는 당연히 차이가 있었겠죠.

지요코는 고전적인 교양의 소유자로, 서화에 능했으며 영어 및 프랑스어도 할 수 있었다고 합니다. 그녀의 부친은 모로오카 마사타네師岡正胤라는 국학자입니다. 존황운동尊皇運動으로 사건을 일으켜 하마터면 목숨까지 잃을 뻔한 적이 있었지만, 메이지유신 후에는 교토의 유명한 신사의 책임자가 되었습니다. 아버지가 돌아가신 해에 그녀는 고토쿠와 결혼을 했습니다. 평소에는 얌전한 부인이었지만, 고토쿠는 무엇이든 꿰뚫어보는 그녀에게 주눅이 들기도 했었던 것 같습니다.

원래부터 고토쿠에게는 처음 결혼했던 부인을 용모가 맘에 안 든다고 2개월 만에 차버린 전과가 있습니다. 때문에 그에게는 거의 무식했다고 하는 첫 번째 부인과 달리, 대화가 가능한 교양 있는 여성을 부인으로 삼고 싶다는 희망이 있었습니다.

지요코의 언니 부부는 나고야名古屋에서 살고 있었는데, 남편은 판사였습니다. 때문에 지요코의 언니는 자신의 남편의 입장을 생각해서 고토쿠의 사회주의운동에 관하여 이러니저러니 걱정이나 불만 비슷한 말을 한 적이 있었습니다. 고토쿠 입장에서는 이것도 또한 유쾌한 일은 아니었습니다. 그래서 지요코에게 이혼이라는 말을 꺼낼 때, 그와 같은 부분도 혁명가의 부인으로서 적합하지 않다고 트집을 잡았던 것입니다. 그렇지만 뭐, 고토쿠 본인 입장에서도 자기 스스로도 명확한 이유를 몰랐기 때문에, 도대체 이혼의 본질적인 이유가 무엇이었던 간에 끝까지 알아내고자 하지도 않았겠죠.

그건 그렇고 이 지요코千代子라는 사람의 일련의 편지는 정말 재미있습니다. 가엾기도 합니다만, 엄청나게 화를 내기도 하고, 금세 기분을 풀기도 하고, 이제 더 이상 옥바라지는 그만두겠다고 말하기도 하고, '글씨가 엉망이니까 이 편지는 태워주세요'라고 부탁하거나, '무엇을 위해서 살고 있는지 모르겠습니다. 비웃어주세요'라고 한탄하기도 하고, 고토쿠가 말한 것을 '속박, 심한 압제라고 생각합니다'라고 비난하기도 하는 등, 계속된 감정의 기복이 나타나 있어, 생동감이 넘칩니다.

고토쿠 슈스이가 사형된 후, 35~6년 정도 지나, 모로오카 지요코는 『비가 오나 바람이 부나風々雨々』라는 그에 대한 회상기를 한 권 출판했는데, 국학자의 딸다운 차분한 태도와 문체의 작품이었습니다. 그렇지만 이 작품과는 전혀 다른, 메이센銘仙을 입은 여학생처럼 발랄한 지요코의 모습이 저 옛 편지와 함께 되살아나기까지는 그로부터 반세기나 더 오랜 시간을 기다려야만 했던 것입니다.

하쓰시마初島로부터

이렇게 해가 지나고 1911년 1월 19일에는 고토쿠 슈스이, 간노 스가코, 오이시 세노스케 등 12명의 사형이 확정되었습니다.

지난해 11월, 대법원이 그들을 '대역죄'로 몰아 판결한 내용을 AP통신사가 전 세계에 타전한 이래, 미국의 엠마 골드만과 그 주변 인물들은 워싱턴의 일본대사관, 뉴욕의 일본국총영사관, 신문 각사 등을 대상으로 지속적으로 항의했습니다. 또한 영국 런던에서

• [역주] 제임스 케어 하디James kier Hardie(1856~1915) : 전직 광부 출신 노동운동 지도자이자 정치가(국회의원). 1906년 영국 하원에서 노동당을 최초로 이끈 인물.

도 12월 10일 노동당 당수 케어 하디Keir Hardie• 의 호소에 알버트 홀에 2만 명이 모인 항의집회가 열렸습니다. 그렇지만 이렇다 할 효과를 이끌어내지 못한 채, 여기까지 와 버렸습니다.

한편 아라하타 간손은, 한때의 테러리스트가 되고자 하는 열정도 어느새 완전히 식어, 이 무렵에는 낙담과 공포에 사로잡혀 있었다고 합니다. 수개월 전부터 그는 지바千葉 요시하마吉浜의 선주 집인 아키요시야秋良屋에 몸을 숨기고 있었습니다. 그렇죠, 3년 전 아직 추운 계절에 간노가 요양을 위해 머물렀던 곳으로, 그가 간노를 만나러 갑자기 찾아갔던 집이기도 합니다.

그렇지만, 아라하타 간손도 어딘가 운이 좋은 남자로, 그에게는 또 다시 가족처럼 돌봐주는 연상의 여성이 나타났습니다. 도쿄의 스사키洲崎라는 유곽에서 일하던 여성이었습니다. 그의 마음속의 두려움을 눈치채고, 그럴 바에는 지바千葉의 그 집에서 당분간 몸을 숨기는 것이 좋겠다 조언을 해 주었던 것도 그녀였습니다. 후일, 그녀는 아라하타의 아내가 됩니다.

같은 시기 도쿄 형무소의 여죄수 독방건물에 수감되어 있던 간노 스가코는 사형판결 후 면회를 와 준 사카이 도시히코堺利彦나 오스기 사카에大杉栄 부부로부터 아라하타의 소재를 듣게 됩니다. 그녀는 1월 21일 옥중 수기에서 이에 관해 남기고 있습니다. …… 그 부분을 한번 읽어보도록 하겠습니다.

> 간손은 보슈房州 요시하마吉浜의 아키요시야秋良屋에 있는 듯하다. 아키요시야는 수년 전 내가 2개월 정도 체재하고 있던 집이다. 당시 결별했던 간손이 갑자기 오사카에서 찾아와 우리 둘은 다시 결합해서 돌아갔던 추억이 많았던 집이다. 산에 가기도 했고 물가에도 놀러갔다. 당시 역시 같은 집에 묵고 있던 아베 간조安部幹三 등과 함께 노코기리산鋸山에도 올라 귤을 먹으면서, 모닥불을 피우고는 지장보살 석상의 머리를 주어와 불에 그슬리는 등, 참 나쁜 짓을 했었지.
>
> 그 아키요시야에 지금 간손이 머무르고 있다. 아마도 같은 방이겠지. 그 남쪽의 따뜻한 장지문 앞에 책상을 놓고, 언제나 버릇처럼 손톱을 깨물며 책을 쓰거나 읽거나 하고 있겠지.
>
> 간손은 나를 죽은 여동생처럼 누나라고 불렀고, 나는 간손을 애송이가쓰라고 불렀다.
>
> 동거하고 있을 때에도 부부라기보다는 누나동생이라고 하는 편이 적당한 사이였다. 그렇기 때문에 부부로서는 부족하다는 감정이 우리들을 갈라놓는 근본적인 원인이 되었지만, 그 대신 헤어진 후에도 역시 누나 동생과 같은 과거의 친했던 애정이 남아 있다. 나는 동거 당시에도 지금도 그에 대한 감정에는 조금의 변화도 없다.

일본에는 사타 이네코佐多稲子라는 여성작가가 있습니다. 벌써 60년이나 전입니다만, 그녀는 「간노 스가코菅野須賀子」라는 단편소설을 썼습니다. 당시에는 아직 간노와 같은 '대역'을 꾀했던 장본인 여성을 소설로 쓰는 것에는 용기가 필요했을 것입니다. 긴 전쟁이 끝나고 미군에 의한 점령도 끝나서 어느 정도 사회적인 긴장이 완화되었던 시기였기 때문에 가능했던 것일 수도 있습니다.

사건으로부터 수십 년이나 지나서 시대가 바뀌기 전까지, 대역사건의 전모를 명확하게 밝힐 수 있을 만큼의 자료는 세상에 공개되지 않았습니다. 즉, 사타 이네코가 쓴 단편소설은 간노의 옥중수기 등 당시 열람할 수 있는 최대한의 자료를 참고로 어렵사리 집필된 것임을 알 수 있습니다.

그다지 잘 알려지지 않은 것입니다만, 간노 스가코는 아주 젊었을 때부터 요사노 아키코与謝野晶子라는 시인의 팬이었습니다. 데뷔 당시 아키코는 아직 옛 성인 호오 아카코鳳明子라는 이름이었습니다. 그 무렵부터 팬이었다고 간노는 말했습니다.

이는 간노가 20살이었을 무렵 아키코의 『헝클어진 머리칼みだれ髪』이 간행되었을 때를 가리킬지도 모릅니다. 혹은 아키코가 『묘죠明星』라는 잡지에 시를 기고하기 시작할 무렵을 가리키는 것일지도 모릅니다.

그래서 그랬는지, 사형판결이 가까워 올 무렵부터 간노는 계속해서 시를 읊습니다. 샘솟듯이 시가 흘러나왔었던 것일까요? 좋은 시가 많았는데, 그중에는 이런 시도 있습니다.

波三里初島(はつしま)の浮ぶ欄干(おばしま)に並びて聞きし磯の船うた

사다 이네코의 단편소설 「간노 스가코菅野須賀子」에는 이 시도 정경을 묘사하는 소재로 쓰였습니다. 유가와라의 아마노야 여관을 숙소로 정한 고토쿠 슈스이와 간노 스가코가, '바다 저편에 보이는 하쓰시마初島를 바라보면서, 여관의 난간에 나란히 서 있다'고 하는 장면입니다.

이어서, '점점이 자그마하게 보이는 어선으로부터 뱃노래라도 들려올 듯이 조용하다'고 하는 구절도 있는데 바로 이 노래를 해석한 것이겠죠.

그렇죠, 리얼리즘입니다.

그렇지만 그 부분이 리얼리즘의 성가신 부분이기도 합니다만, 이 묘사에는 현실과 조금 어긋난 부분이 있습니다. 한 가지는 고토쿠와 칸나가 머물던 유가와라온천은 당시 해변 가까운 역에서 걸어가면, 계속 계곡을 따라서 골짜기를 거슬러 올라가야만 했는데, 아마노야 여관에서는 바다가 보이지 않습니다. 따라서 하쓰시마도 보일 리 없습니다.

그리고 한 가지 더, 저의 해설을 솔직히 말씀드리면, 옥중에서 간노가 이 노래를 읊으면서 생각했던 것은 고토쿠가 아니었다고 생각합니다. 바로 직전까지 그녀가 고토쿠와 함께 하쓰시마가 보이는 바다와 가까운 유가와라온천에 머물렀던 것은 분명한 사실입니다만, 여기에서 되살아나는 추억은 조금 더 먼 옛날의 기억입니다.

유가와라의 바닷가에서 10킬로미터 정도 남쪽으로 가면 아타미熱海의 아지로항網代港이 있습니다. 4년 전 봄이 한창일 때, 그녀는 하쓰시마初島에 요양을 떠날 때 아라하타가 그곳까지 따라왔던 항구였습니다. 당시 아라하타는 아직 19살이었습니다.

아쉬워 서로 떠나지 못하고 항구를 따라 연해 있는 높은 제방 끝까지 함께 걸어갔습니다. 그리고 해질 무렵 바다 저편의 하쓰시마를 바라보았던 것입니다.

다음날 아침 간신히 그와 헤어져, 작은 연락선을 타고 혼자서 그 섬으로 건너갔습니다.

10일 정도 섬에 머무르면서 그녀는 「이상향理想鄕」이라는 제목의 상당히 장문의 보고문을 우편으로 당시에 근무하고 있던 『마이니치전보每日電報』로 보냈습니다. 경제적으로 곤궁한 처지였기 때문에, 그녀는 설령 요양 중이라고 하더라도 무언가 기사가 될 만한 것이 있으면 바지런히 편집부에 보내서 해고가 되지 않도록 손을 써 두지 않으면 안 되었습니다. 이 원고의 도입부에는 '아타미熱海로부터 30리里 바다의 작은 섬'이라는 부제가 붙어 있었는데, 본문은 다음과 같이 시작합니다.

> 이즈伊豆는 아타미熱海의 온천장으로부터 해상 30리里에 위치하는데,
> 그 옛날 가마쿠라 우다이진鎌倉右大臣, 미나모토 사네토모源実朝가,

箱根路●をわが越えくれば伊豆の海や

沖の小島に波の寄る見ゆ

하코네箱根의 험한 산길을 넘어 오면, 눈 아래에 이즈伊豆의 바다가 펼쳐지고,

먼 바다의 작은 섬에 치는 하얀 파도가 보인다.

● 【역주】 하코네지箱根路 : 오다와라小田原로부터 하코네고개箱根峠를 넘어 미시마三島에 이르는 길로 약 31킬로미터의 거리.

라고 읊었던 그 '먼 바다의 작은 섬'은 수선水仙이 많아 수선도水仙島라는 이름도 갖고 있는 하쓰시마初島로, 주변이 겨우 약 10리里이며, 동백나무 기름의 산지이다.

한만소감韓滿所感 (상)

『만주일일신문』 메이지 42년 11월 5일

도쿄에서 나쓰메 소세키

어젯밤 오래간만에 잠시 짬을 내어 『만주일일신문』에 무언가 소식을 쓰려고 생각하여 붓을 들어 두 서너 행을 쓰려고 하던 차에 이토伊藤 공公이 저격당했다는 호외가 들려왔다. 하얼빈은 내가 얼마 전에 둘러봤던 곳으로, 이토 공이 저격당했다고 하는 플랫폼은 지금부터 1개월 전에 내가 두 발로 디뎠던 곳이었기 때문에, 드문 변고였기도 했지만, 장소로부터 연상되는 자극에 큰 충격을 받았다. 더욱이 놀라웠던 것은 다롄大連 체재 중에 농담을 주고받고, 스키야키すき焼き• 대접을 받는 등 신세를 진 다나카田中 이사와 가와카미川上 총영사가 언급되어 있었던 점이었다. 하지만, 그들이 경상이라고 호외에서 꼭 짚어 단정하고 있는 것을 보아서는 큰일은 아니겠거니라고 생각하고 잠이 들었

• [역주] 일본식 소고기 전골요리.

다. 그런데 오늘 아침 『아사히신문』에 실린 자세한 기사를 보니, 이토 공이 총을 맞았을 때, 나카무라中村 총재가 쓰러지는 이토 공을 안아서 부축했다고 하니, 총재도 같은 날 같은 시각 그리고 같은 장소에 있었다는 것에 다시금 놀라지 않을 수 없었다.

이토 공이 나와 관계가 깊은 만주철도의 선로를 통과하여, 내가 지인들과 탔던 열차를 타고, 아직 나의 기억에 생생한 곳에서 죽었다는 것은 우연이지만 나에게 있어서는 진기한 우연이 아닐 수 없다. 이토의 죽음은 정치적으로 보자면 아무리 강조해도 지나침이 없을 정도로 중요하게 해석 할 수 있을 것이다. 그리고 단순한 개인의 재난이라는 차원에서도, 말하자면 상하 고하를 막론하고 관심을 끌기에 충분한 흉사일 것이다. 따라서 향후 수 주 동안은 국내의 신문은 물론이고 만주와 한국의 기자들도 또한 모조리 펜을 들어 이 변고를 중심으로 모여들 것이 틀림없다. 그러나 나와 같이 정치에 문외한은 유감스럽게 그 소식을 보도할 자격이 없기 때문에, 지극히 평범한 편지 정도로 이 사건을 기록해 두고자 한다.

만주와 한국을 여행하면서 어디든 많은 사람들의 호의 덕분에, 유쾌하고 만족스럽게 견문을 마칠 수 있었고, 이에 너무나도 깊은 감명을 받았다. 나는 나의 소식을 이번에 『만주일일신문』 지상에 글을 기고하는 것을 통해, 다시금 재외 동포 제군들에게 감사의 마음을 전하고 싶다.

특히 이번 유람 중에 친구의 소중함을 깊이 느낄 수 있었다. 평소 게으르고 바쁜 탓에 거의 연락도 나누지 못했음에도, 마치 자신의 가족처럼 흔쾌히 도와주었다. 친절하게 마중을 나와 주는 등, 정말 안타까울 정도였다. 다행스럽게 나의 지인들은 만주와 한국에서 모두 상응하는 지위를 차지하고 있었기 때문에 더더욱 많은 편의를 제공받을 수 있었다. 보통 때에는 떨어져 있기 때문에 서로 잊어버려도 이상하지 않을 정도였지만, 이렇게 먼 여행을 통해 다시 만나니 처음으로 친구의 고마움을 되새길 수 있었다. 중요한 지위에 오른 친구들로부터 돈을 빌릴 생각은 없지만, 여기저기에서 친절한 보살핌을 받고 나니 역시 어려울 때에는 친구밖에 없다는 생각이 들었다.

만주와 한국을 경유하여 처음으로 얻은 낙천적 관점은 외국의 일본인들이 모두 활기차게 일하고 있다는 것이었다. 내지(일본)의 사람들은 대개 퍼렇게 질린 얼굴을 하고 있는 데다가 대부분 기가 죽어 있다. 만주와 한국의 동포들에게는 그런 약한 흔적은 보이지 않는다. 한마디로 말하자면 모두 원기 왕성하고 진취적인 기상에 충만해 있는 것처럼 보인다. 어디에 가도 자신이 경영하고 있는 사업이나 직무에 관하여 친절하고 정중하게 설명해 준다. 게다가 그 설명 내용은 대부분 개량이랄까 성공이라고 하는 의미를 담고 있어 저절로 득의양양한 기색을 내보이기 마련이다.

만주와 한국에서 만난 사람 중에는, 더 이상 안 되겠어서 내지로 돌아가고 싶다고 하는 사람은 한 명도 없다. 이는, 모두 자신의 업

무에 열심이었고, 내지와 달리 모든 분야의 경영은 새로웠고, 젊은 사람들은 자신의 수완을 떨칠 여지가 있었으며, 마치 시집살이와도 같은 간섭이 없었기 때문에 만사 방임주의를 기반으로 모두 당사자들에게 일임하여 당사자들의 의견이 척척 순조롭게 실행될 수 있었고, 마지막으로, 실행한 일에 대한 보수가 내지의 배 이상 높게 지불되고 있었기 때문이라고 생각한다. 한국에서 근무하는 경찰은 50원圓 정도의 급료를 받고 있기 때문에 밤에는 맥주 한잔도 즐길 수 있다. 그렇지만 내지에 돌아가면 10원圓 내외의 월급으로 삭감되기 때문에 괴로워 견딜 수 없어, 이곳으로 오고 싶어 한다고 들었다. 이 경제적 여유는 만주와 한국의 상하 고하를 막론하고 우리 동포들의 생각에 큰 영향을 끼치고 있다고 생각된다.

한만소감韓滿所感 (하)

『만주일일신문』 메이지42년 11월 6일

도쿄에서 나쓰메 소세키

나는 개인의 경제적 사정이 개인의 행복과 지대한 연관을 맺고 있다고 믿고 있는 사람 중 한 사람이다. 만주와 한국에 재류하고 있는 동포들의 생활수준이 내지(일본)의 사람들보다 비교적 높다는 것을 보고, 이것이 사치스럽다고 결코 생각지 않는다. 오히려 내지에 악착같이 살고 있는 우리들이 불쌍해 견딜 수 없을 정도다. 나는 한 번은 『만주일일신보滿州日日新報』의 의뢰를 받고 강연을 한 적이 있었는데, 배후에 있는 나카무라中村 총재를 뒤돌아보고는 아무리 총재라고 해도 내지에서는 저런 훌륭한 집에서 살 수 없다고 말했으나, 이는 친구 사이에 당연한 농담에 지나지 않으며, 여기에 의미를 덧붙이자면 총재가 사치스럽다고 생각하기보다는 내지의 사람들이 찌들어 살고 있다고 보는 편이 오히려 타당할 것이다. 다롄大連에 있는 총재의 사택은 러시아의 기술 책임자의 집이었다고 들었다. 만주철도의 총재가 러시아의 일개 기술 책임자의 집에 들어간 것을 사치스럽다고 하는 것은, 바깥에 소문이 나면 난처할 정도로 일본이 쩨쩨한 나라가 되어 버리기 때문이다. 아니 나는 다나카田中 이사의 집에 들어가서, 그 서재나 응접실을 보고 이사의 저택으로서 오히려 너무 좁지 않은가 하고 생각할 정도였다. 외국인을 불러서 보여주면, 이것이 명실 공히 일본 대기업의 이사가 사는 곳이구나 하고 놀랄 정도의 규모의 집으로 해야 할 것이다. 내가 조선에서 일주일 정도 귀찮게 한 지인의 관사는 새로 지은 건물로 서양식 방이 네 개 정도가 있었다. 그 목재를 자세히 보니, 압록강 부근의 목재에 옻칠을 한 것으로, 내가 보기에 오히려 변변치 않은 것이었다. 커튼이나 이불도 결코 정돈되어 있다고 평하기 어려웠다. 그럼에도 사람들은 훌륭하다고 거듭 칭찬을 늘어놓았다. 나는 국장인 주인이 모처럼 조선까지 와서 이런 집에 살고 있는 것이 오히려 안쓰러운 생각이 들었다. 공정하게 말하자면 우리들 중산층의 인사들은 누구라도 이 정도의 집에 사는 것쯤은 당연할 것이다. 나의 도쿄 와세다의 셋집은 이와 비교해 보았을 때 한참 열악하다. 그렇지만, 나는 일본의 중산층 신사로서 지금보다 배 이상의 훌륭한 저택을 갖고 있어야만 한다고 하는 생각을 항상 갖고 있다. 이 주인은 또한 말을 두 필 기르고 있었는데, 이것도 내지에서 온 사람이 본다면 기겁을 할지도 모르는 일이다. 그렇지만 고작 말을 두 필 기르는 국장이 신기하다고 해서는, 일본인의 배포도 또한 작다고밖에 볼 수 없을 것이다.

지난 여행 때 한 가지 느낀 점은, 내가 일본인으로 태어났다는 것을 다행이라고 자각할 수 있었던 점이다. 내지(일본)에서 두려워 떨고 있을 때에는 일본인만큼 불쌍한 국민은 세상에 절대 없을 것이라는 생각에 시종 압박에 시달렸는데, 만주와 조선에 건너온 나의 동포가 문명 사업의 각 방면에서 활약하여 매우 우월한 존재가 되어 있는 모습을 보고, 일본인도 매우 믿음직한 인종이라는 인상이 머릿속 깊이 각인되었다.

동시에 나는 중국인이나 조선인으로 태어나지 않아서 다행이라고 생각했다. 그들을 눈앞에 두고 승자의 패기를 지니고 자신의 일에 종사하고 있는 나의 동포들이야말로 진정한 운명의 총아라고 말하지 않을 수 없다. 경성에 있는 한 지인이 나에게 이렇게 말했다. …… 도쿄東京나 요코하마横浜에서는 외국인에게 브로큰 잉글리시로 말할 때에는 쑥스러워서 주눅이 들었지만 여기에 와서 보니 신기하게도 브로큰이든 뭐든 술술 나오는 것이 신기할 따름이다. …… 만주와 한국에 있는 동포 제군의 마음은 이 한마디로 대부분 설명할 수 있지 않을까?

역자 후기

이 책의 본문 『암살, 안중근과 이토 히로부미, 그리고 사회주의자』는 구로카와 소黒川創의 소설 『暗殺者たち』(2013)를 번역한 것으로, 한국을 방문 중이었던 저자가 우연히 광주에서 나쓰메 소세키夏目漱石의 미확인 원고를 발견하게 된 것을 계기로, 원고와 관련된 20세기 초반을 살았던 '암살자들'의 숨겨져 있던 진상을 소설의 형식을 빌려 서술한 논픽션 장편소설이다.

일본의 초대 수상이자 한국 통감을 지낸 이토 히로부미伊藤博文를 하얼빈에서 저격한 한국의 항일 독립군 의병장 안중근. 그리고 잘 알려지지 않았던 젊은 날의 이토 히로부미의 모습 그러니까 암살자이자 테러리스트였던 이토 히로부미. 폭탄을 사용하여 덴노天皇(일왕)를 암살하고자 모의했다는 혐의로 체포되어 처형된 고토쿠 슈스이幸徳秋水, 간노 스가코管野須賀子, 오이시 세노스케大石誠之助와 그리고 살아남은 아라하타 간손荒畑寒村 등 일본의 사회주의자들. 저자는 일본의 대문호 나쓰메 소세키와 같은 격동의 시기를 살았던 이와 같은 동아시아의 인물들의 모습을 소설의 장르였기에 가능했던 방식으로 생생히 묘사했는데, 이를 통해 그는 역사책에서는 결코 서술될 수 없었던 그들의 사상과 인간적인 면모를 지극히 세밀하고도 객관적으로 담아냈다.

저자는 대학생 시절 당시 군사독재하에 있던 한국을 방문하여 민주인사들에 대한 지원활동을 했던 경험이 있을 정도로 한국에 대한 이해가 깊은 만큼, 안중근에 의한 이토 히로부미 저격사건을 당시 암살과 테러를 계획했던 일본 내 사회주의자들의 모습과 평행하여 나열하는 것을 통해 그 당시의 역사를 한국과 일본 사이에서 치우침 없이 객관적으로 전달하고자 했다. 다시 말하면 이 소설은 어떻게 보자면 '테러리즘의 경계'가 과연 어디에 있는가를 묻고 있는 이야기라고 할 수 있는데, 이는 저자 구로카와黒川가 일생을 통해 매달려 왔던 '개인'과 '경계'를 다룬 서사의 연장선상에 있는 작품이라고 할 수 있을 것이다.

이 작품에서 다루고 있는 암살이나 테러와 같은 주제는 지금도 매우 현실적이고도 민감한 문제가 아닐 수 없는데, 저자는 테러리즘이라는 것은 무엇인가라는 물음에 선과 악을 피해자와 가해자라고 하는 이분법적인 사고로 답하지 않는다. 구로카와는 안중근에 의한 이토 히로부미 저격도, 이토 스스로가 메이지 유신 전에 젊은 시절 암살자이자 테러리스트였던 점을 감안할 때, 암살을 했었던 사람 역시 똑같이 반대로 암살을 당할 수 있다는 사실에서, 이를 큰 흐름의 역사의 연쇄라는 차원에서 바라보아야 한다는 시각을 제시하고 있다. 따라서 저자는 이토 히로부미가 비록 안중근에게 저격을 당했지만, 마음 깊은 곳에서는 그를 이해하고 있었을 것이라고 말하고 있다. 특히 메이지 정부 안에서도 이토는 대한제국의 식민지화에 대해 상당히 신중한 입장이었다고 말해지지만, 어디까지나 그는 대한제국을 침탈하고 식민지화한 끝에 한국 통감까지 역임한 인물이었다. 이 시점에서 이토는 언젠가 자신도 똑같은 방법으로 죽임을 당할지도 모른다는 의식을 품고 있었을 것이라고 저자는 말한다. 실제로 이토는 막부 말기 청년시대를 보내면서 스스로도 일본이 외국으로부터 침략 당할지도 모른다는 불안감과 피해의식 속에서 정적 암살뿐만 아니라 영국 공사관을 불태우기까지 하는 과격한 테러리즘을 자행했었으니 말이다.

구로카와는 당시 일반적인 일본인들도 안중근을 그저 단순한 무뢰배에 테러리스트라고 여기지 않았다고 지적한다. 마치 전국시대 무장이었던 다케다 신겐武田信玄이 서로 자웅을 겨뤘던 적장 우에스기 겐신上杉謙信을 비록 적이지만 훌륭하다고 평가했던 것처럼 말이다. 그리고 이토 히로부미가 저격을 당했을 때 함께 자리를 하고 있다가 부상을 입었던 다나카 세지로田中清次郎 만주철도의 이사도 후일 자신이 만난 사람 중에서 가장 위대한 사람으로 '안중근'을 꼽을 정도로, 소세키를 포함하여 당시 일본인이 일반적으로 품고 있던 공정함에 대한 감각은 지금과 달랐다고 저자는 말하고 있다.

따라서 역자는 “안중근은 테러리스트이며 그 죄로 사형판결을 받았다”고 하는 일본의 총리와 장관의 발언이 들려오는 현시점이기에, 이 책에서 말하고자 하는 바가 더욱 큰 의미를 갖고 한국과 일본의 독자에게 다가올 수 있을 것으로 생각한다. 여러분들도 이 책을 통해, 일본인의 눈에는 과연 안중근과 이토 히로부미 그리고 그와 비슷한 시기에 덴노를 암살하고자 기획했던 사회주의자들이 어떻게 보였을지 확인해 보는 것은 어떨까 하고 생각한다.

2018년 3월

역자 김유영